어쩌다 우리가 만나서

어쩌다 이런 사랑을 하고

내 모진 사랑이 의미 없지 않았음을 증명해 주길.

추억은 한 편의 산문집 되어
길 잃은 맘을 위로하는 노래가 되고
그건 긴 어둠을 서성이던 청춘이 남기고 간 의미일 거야

—— 신지훈, <추억은 한 편의 산문집 되어>

김현경

들어가며

여기, 기형적인 모습을 가진 어떤 사랑이 있다.

사랑이라 믿었던 것을 스스로 그만두고, 또다시 찾고, 배신 당하고, 다시 찾고, 또다시 배신 당하고, 또다시 찾는 이가 있다. 나는 무얼 위해 이 사랑을 찾아가는가. 이것을 사랑이라 불러도 될까.

이기적인 책을 두 번째로 펴낸다. 나의 사랑을 정리하기 위한 책. 단지 이 글뭉치가 하나의 이야기로 당신에게 닿아 무언가가 되길 바라며. 그렇게 닿아 내 모진 사랑이 의미 없지 않았음을 증명해주길.

2024년,
현경.

목차

1막 ───────── 그가 허리를 짚는 방식 ─── 10

어디에도 기대지 말고 춤을 춰요 · 인스타그램 · 허리를 짚는 방식 ·
나라는 사람이 궁금해진다고 · 어느 독립영화 속 ·
천천히 취해가자는 말 · 급한 마음 · 이름 · 커피와 와인 ·
언덕길에서 · 약과 시 · 그 정도의 사이 · 기다림은 내 특기라고 ·
무슨 사이 · 혜화동에서

2막 ───────── 어쩌다 이런 사랑을 하고 ─── 52

어떡할 건가요? · 그 밤에 있었던 일 · 그와의 연애 ·
우울해서 힘들었다는 말 · 29:09 · 권태 · 어떤 불안 · 숨 ·
마지막 편지일지 모르는 · 긴긴 권태는 나를 잡아먹고 ·
사람과 사람 사이는 수학이 아니라서 · 작은 책자 한 권을 ·
마지막

3막 ───────── 능소화와 동백꽃 ─── 94

혼자 술 마시며 홀자 하는 말 · 헤어진 그에게 전화를 걸다 ·
지우는 마음 · 상담실 · 여름이 오면 · 또다시 능소화 ·
사랑한다는 그 흔한 말 · 아무것도 중요하지 않은 사람 ·
제주행 · 우리의 사랑은 여름이었지 · 식탁에 마주 앉아 ·
나는 그를 잊어도 · 어떤 기형적인 사랑에 대하여

1막

그가 허리를 짚는 방식

어디에도 기대지 말고 춤을 춰요

일요일, 해방촌 책방을 보는 날이다.

책방 한구석 작은 굴에 들어가 있노라면 시간이 당최 잘 흐르지 않는다. 무릇 책방지기라 하면 앉아서 책을 읽거나 글을 쓸 것 같은 이미지가 떠오르겠지만, 그런 일들을 책방에서 하기까지는 지긋지긋하다. 다른 할 일을 찾는다. 웹서핑을 하거나 며칠간 올라온 인스타그램 게시물을 다 본다던지, 카카오톡으로 친구들과 시답잖은 대화를 한다. 그러다, 틴더 앱을 열었다.

틴더에는 갖가지 사람들이 있다. 외모로만 봐도 '이 사람은 나와 안 어울리게 너무 잘 생겼어' 싶은 사람들에서, 자신의 학력과 재력을 뽐내는 사람들, 하룻밤 상대를 찾는 사람들까지… 모두가 각자의 매력을 자신의 방식대로 어필하며 매칭될 상대를 찾는다. 책방 한구석에서 무표정한 얼굴로 간간히, 적당한 상대에게 오른쪽으로 스와이프하며 '당신이 좋아요' 하는 표시를 한다. 이미 상대도 나를 오른쪽으로 넘겨 호감의 표시를 했을 때도, 아닐 때도 있다. 마치 게임하듯 누군가와 매칭이 되면 조금의 재미를 느낄 뿐이다.

'어디에도 기대지 말고 춤을 춰요'

1km 이내의 거리에 있는 그, 한 문장과 몇몇 재미없는 사진들. '춤을 춰요…', '기대지 말고…', 문장들을 되뇌어 보았다. 외적으로는 내 스타일은 아닌 듯한 그의 문장에 아쉬울 것 없다는 마음으로 오른쪽으로 스와이프했다. 그와는 매칭되지 않았다.

다음 날, 그와 언제 매칭되었는지 메시지가 도착해있었다.

[작가님, 안녕하세요!]

작가님이라니. 틴더의 세상에서 불려본 적 없는 호칭이었다. [작가님이라닠ㅋㅋㅋ] 하는 답장을 보냈고, 그는 [맞잖아요 ㅋㅋ], 답장했다. 그제서야 'designer/writer'라고 간단하게 나를 소개해 둔 문장이 떠올랐고, 그 때문이라 생각했다. 하지만 그는 이미 내 책을 몇 권 읽었고, 인스타그램에서 나를 팔로우하기까지 한다고, '조금의' 팬이라고 말했다. 아, 독자에 팔로워인 사람을 틴더에서 만나다니. 어쩐지 발가벗은 느낌이 들었다.

그는 이따금 메시지를 보내왔고 나도 그때마다 답을 했다. 끝없이 해내야 하는 일 더미에, 틴더에는 곧 흥미가 떨어졌다.

어디에도 기대지 말고 춤을 춰요

이제 더는 틴더에서 스와이프를 하지 않지만 메시지를 보내오는 몇몇에게 답을 해주고 있었다. 그날도 아침부터 저녁까지 일을 해내고 친구와 늦은 저녁을 먹을 겸 술을 마셨다.

"나 틴더에서 어떤 사람이랑 매칭이 됐는데, 내 책도 읽어봤고 나를 인스타 팔로우도 한대. 신기하지 않아? 어, 메시지 왔다."

"그런데 왜 계속 틴더로 얘기해? 디엠도 있고 카톡도 있을 텐데. 특히 디엠은 바로 보낼 수 있지 않나?"

"아? 맞네?"

친구의 말에 그에게 [이제는 디엠으로 주세요] 메시지를 보냈다. 집으로 가는 길, 그에게 메시지가 와 있었다.

[안녕하세요, 동네 사는 누구입니다.]

[악ㅋㅋ 반가워요.]

틴더에서보다는 조금 더 빠르게 답이 왔다.

[주말에 책방 한번 찾아갈게요. 커피가 좋아
요, 차가 좋아요?]

내가 해방촌의 책방에서 일한다는 사실을 익
히 알 그는 자신이 해방촌에 산다고 했다. 나는 커피
가 좋지만 만나면 낯을 가릴 거라고 말하며 조금 무
서워졌다. 알지 못하는 사람이 나를 이미 알고 있고,
내가 어디서 무얼 하는지 안다는 사실이 말이다. 해
방촌의 책방이든 후암동의 작업실이든 찾아오려면
얼마든지 열려있는 공간에 있다는 사실에 겁이 났
고, 지금껏 불특정 다수들에게 내 삶을 너무 많이 공
개하고 있었다는 생각이 들었다.

[손님이 없네요.]

[어디서 일하시길래 손님이 없나요?]

그는 을지로의 한 가게에서 안주를 만든다 답했고, 나는 을지로에 자주 가니 한번 들리겠다 말했다. 상호명도 알았으니 더는 일방적으로 아는 사이가 아니었다. 다행히도 이제 내 입장에서도 찾아가려면 찾아갈 수 있는 공개된 장소에 그가 있다는 사실을 알았다.

그 이야길 나눈지 겨우 하루 지나 을지로 인쇄소에 갈 일이 생겼고, 그가 일한다는 술집에 가보기로 했다. 친구와 낮술을 2차로 마시고 3차로 그가 일하는 술집에 갔다. 바깥에서 보는 것과 다른 세련된 인테리어, 상호명과 어울리지 않는 꽤나 비싼 가격의 술과 음식이 있었다. 앉을 자리를 고르는데, 오픈 키친 한켠에 서있는, 눈이 마주친 이가 그라는 것을 알 수 있었다.

그가 쭈뼛하게 서있던 기둥 옆에 친구와 자리를 잡고, 그가 사진으로 보내왔던 파스타에 위스키 에일을 주문했다. 그는 대구로 만든 음식을 우리에게 서비스로 주었고 한 번은 함께 술을 홀짝였다. 술을 마셔도 되냐는 친구의 물음에 그는 "직원 복지예요" 하며 조금 웃었다. 조금씩 차는 손님들에 그는 분주하게 음식을 했고, 간간히 다른 직원들과 대화를 나누었다. 나는 친구와 이야기를 나누면서 종종, 건너에서 무심히 버터를 팬으로 던지고 왼손으로 허리를 짚은 채 파스타를 요리하는 그를 관찰했다.

그가 궁금해졌다.

허리를 짚는 방식

가게에서 나오며 그에게 "이따가 끝나고 시간 되면 같이 맥주 마셔요" 하고 말했지만, 나중에야 그가 마감할 열 시면 다른 가게들도 문을 닫는 사실을 깨달았다. [대구, 고마웠어요! 맥주 마시자고 했는데 생각해 보니 그때면 다른 가게들도 닫네요], 메시지를 보냈다. 우리는 그사이 일행이 하나 더 생겼고, 4차로 맥주를 마시러 갔다. 감자튀김에 맥주를 마시며 나는 그가 허리를 짚는 방식을 떠올렸다.

가게들의 문은 닫지만 그럼에도 어디에서 그와 맥주 한 잔을 마실 수는 있지 않을까 싶었다. 해방촌에서 을지로로 옮겨왔지만 여전히 1km 반경 내에 있는 그에게 "어쩌다 내 책을 읽었나요?" 물어보고 싶었다. 그가 읽었다는 책이 <폐쇄 병동으로의

휴가>와 <취하지 않고서야>의 조합이 아니었다면 그리 궁금하지 않았을지 모른다, 는 핑계로 그에게 [언제 끝나나요?] 메시지를 보냈다.

새로 생긴 일행에게 아까 그 사람과 맥주 한잔 마실 수 있지 않을까 싶어 메시지를 보냈는데 답이 오지 않는다 말했다. 일행은 열 시가 지났으니 곧 답이 오지 않을까 말했고, 날씨도 좋으니 익선동까지 걸으며 기다려보자 했다. 우리는 을지로에서 종로, 세운 상가를 지나 안국역까지 걸었다. 일행은 이야기를 하다 자주 "공기가 좋네요" 말했고, 그때마다 나는 마스크를 입에서 조금 떼 공기 냄새를 맡았다. 벌써 여름 냄새가 조금, 아주 조금 섞여 부는 것만 같았다.

답이 오지 않아 하는 수 없이 집으로 향했고, 가는 길 버스 안에서 그의 인스타그램 계정에 '팔로우' 비튼을 눌렀다. 그에게서 답이 온 건 집에 도착하고도 한참 뒤였다.

[오늘은 조금 늦게 끝났네요.]

집에서까지 또 술을 마시고 그 장면을 인스타그램으로 송출까지 한 내가 잠들고 나서, 그에게 메시지가 와 있었다.

[푹 쉬고 잘 자요. 오늘 고생 많았어요.]

그가, 그의 이야기가 궁금했는데… 어쩐지 아쉬운 마음이 들었다. 그는 그 책들을 왜, 어떻게 읽었고, 나와 틴더에서 매칭이 되었을 때 어떤 기분이었을지 궁금했다. 책방에서 커피를 건네는 시간 정도로 될 것이 아니었다.

책방에서 커피를 건네는 시간 정도로 될 것이 아니었다.

나라는 사람이 궁금해진다고

　　용산 도서관에서 수업을 마치고 할 일이 있어 후암동 길을 굽이굽이 내려와 작업실로 쓰는 초판 서점에 도착했다. 수강생 하나와 함께였고, 초판 서점에는 책방 사장님이 있었다. 나는 할 일을 재빠르게 해내고 그들과 이야기를 나누었다. 열 시쯤 그들은 떠났고 홀로 남겨졌다. 더 해야 할 일이 있는 것만 같은 생각에 열한 시, 열두 시까지 앉아 쓰이지 않는 원고를 잡고 애썼다.

　　맥주가 당겼다. 맥주를 사 오자, 초판 서점 근처에 산다는 그와 맥주를 마시면 되겠다는 생각이 자연히 들었다. 자연히, 라기에는 언젠가는 그가 이 길을 지날 것이기에 조금은 기다렸다는 편이 더 솔직하겠다. 하지만 열두 시가 되어가는 시간에도 그에게서는 별다른 답이 없었다.

그에게서 답이 온 건 자정이 넘어서였다. 메시지에서부터 술을 마신 티가 나 [ㅋㅋㅋㅋ술 마셨어요?]라고 답장을 했다. 그는 조금 마셨다 했고, 나는 들어가 쉬라고 했다가 아쉬운 마음에 맥주 한 캔을 마시고 가라고 다시 말했다. '입력 중…' 창이 한참 떠 있는 걸로 보아 그는 고민하는 눈치였는데, 그게 답답해 담배를 태우러 나갔다.

담배를 한 까치 꺼내 입에 물고 작업실 문을 여니 앞에 한 사람이 서 있었다. 초록색 티셔츠에, 태국에서 입을 법한 빨간색에 가까운 겉옷을 걸친 차림새였다. 식당에서 본 셔츠 조리복의 그와 사뭇 달랐다. 나를 쳐다보는 모습에 그 사람이 그임을 눈치챘고, 서로 꾸벅 인사를 했다. "저 담배 태울 건데, 담배 피우세요?" 묻자, 그는 "좋죠" 답했다. 초면에 담배를 피우는 사실을 알리는 건 좋지 않을 것 같다는 생각이 잠깐 들었지만, 나의 독자라면 내가 애연가라는 사실을 알 테다, 라고 그 사이에 생각했다.

담배를 태우고 들어와 책상에 마주 앉았다. 그

는 맥주 네 캔을 사 왔는데, 눈이 풀린 걸로 보아 만취한 상태였던 것 같았다. "술 취했죠?"라고 나는 몇 번 물었고, 그는 물었을 때도 묻지 않을 때도 "죄송합니다. 술이 너무 취해서" 답했다. 가끔 말투에 경상도 사투리가 배어 나와 나는 "그래서 어디 사람이에요?" 물었고, 그는 진한 사투리를 구사해 보였다. 만취한 사람의 경북 사투리라니. 아버지가 떠올라 별로라고 생각했다.

나는 그에게 그 겉옷은 웬 것이냐 물었고 그는 치앙마이에서 사 온 것이라 답했다. 그래서 가지고 있던 내가 치앙마이의 사람들에 대해 그리고 쓴 책 <코쿤카>를 쥐여주었고, 우리 출판사에서 낸 틴더에서 만난 사람들에 대한 책인 <헬로, 스트레인져>라는 책도 한 권 쥐여주었다. 그는 자신도 시를 쓰던 때가 있다며 자신이 쓴 시를 휴대폰으로 보여주었다. 틴더에 소개글로 쓰여져 있던 글귀가 들어 있었다.

문득, 그는 나라는 사람이 궁금하다고, 알고 싶어진다고 했다.

어느 독립영화 속

　술을 많이 마시지도 않았는데, 어쩌다 그의 집에 가게 된 것인지는 기억나지 않는다. 작은 삼거리에서 '이게 맞나?', 각자 고민했던 건 기억이 난다. 어쨌거나 우리는 함께 해방촌 골목을 올라 그의 집으로 향했다. 집에 도착해 그는 술이 깼는지 머쓱해했고, 나는 티비 앞 테이블에 곁에 앉아 남은 맥주 캔을 땄다.

　미닫이문을 열고 창틀에 앉았다. 그의 집에서 보이는 서울의 야경은 내가 평소에 해방촌에서 보던 그것보다 조금 더 높았다. 담배를 태우다 웃음이 피식 났다.

　"웬 이상한 영화 속에 들어와 있는 것 같네요."

"홍상수 영화. 요즘 것 말고 예전- 영화 속에 있는 것 같네요."

그는 나의 말에 그렇게 대꾸했다. 머리를 부여 잡고 글을 쓰던 작가와 만취한 독자가 데이팅앱에서 만나 독자의 집에 오게 되고… 하는 줄거리를 마음속으로 떠올려 보다가 그에게 물었다. "내가 여기 있는 거 이상하지 않아요? 기분이 어때?", 정말로 궁금해서 물은 거였다. 내가 팬이었던 사람이 내 집에 와 있다는 상상을 하니 내가 되려 이상한 기분이 들어서였다.

우리는 창틀에 앉아 간간히 이야기를 나누고, 간간히 야경을 살폈다. 원래는 앞집이 지어지지 않아 야경이 더 잘 보였다는, 그런 류의 대화를 나누었다. 담배를 끄고 정적이 찾아왔다. 그는 나를 쳐다봤다가 머뭇거렸다. 너무 가까이 앉아 있다고 느껴졌다. 조금 웃고 입을 맞췄다.

그의 집에서 점심을 맞았다.

낮에는 손을 맞잡고 후암동과 을지로를 걸었다.

천천히 취해가자는 말

다시 일요일이 왔고, 책방에 한켠에 앉아 그에 대한 글을 쓰기 시작했다. 이런 상황이 무지 흥미롭다고 생각했기 때문이다. 나의 팬이라 자처하는 뭇 여성 분들을 만난 적은 많지만 남성을 본 건 처음이기도 했는데, 그 과정에 틴더와 인스타그램이라는 매체가 껴 있었다는 사실, 그리고 그가 꽤나 괜찮은 사람이라는 생각에서였다.

아침에는 일찍 깼지만, 다시 눈을 감고 누워서는 그를 떠올렸다. 그와 누워 있던 방향으로 누워 그가 했던 말과 행동들을 다시금 떠올리고 떠올렸다. 계속해서 떠올리다 보니 그것이 진심이었을까, 하는 의심이 들 때쯤 그만 생각기로 하고 출근 준비를 했다.

책방에 앉아서는 종일 휴대폰을 쳐다봤다. 그의 인스타그램에서 그가 갔던 여행지 사진을 보거나 써둔 글을 읽었다. 그는 언제부터 나를 궁금해했을까 궁금해졌다. 그래서 나의 피드를 주욱 내려 몇몇 사진들에 그가 '좋아요'를 한 흔적이 있는지 살폈다. 모든 게시물을 찾아볼 수는 없었지만, 가장 예전으로 찾은 건 2019년 초였다. 그때부터 나의 게시물을 보고 있었다니. 나의 팬이라던 그의 말을 믿기로 했다.

마음이 급해 일을 그르친 적이 많다. 그에게는 천천히 다가가고 싶다는 생각이 들었다. 겨우 한 해 더 살아내 나이의 앞자리가 바꼈다고 조금의 여유가 생긴 기분이 든다. 어쩌면 급하게 찾고 싶은 마음을 글로 풀어내고 있을는지도 모르겠다.

이 기록이 무엇이 될지, 보여줄 수 있을지는 모르겠지만, 그를 관찰한 일지이자 나의 일기이자 어느 이상한 영화 대본 같은 이야기를 써보려고 한다.

그는 이야기가 되고 있다.

급한 마음

존재를 알게 된 지 겨우 일주일이 지난 그를 기다렸다.

왜, 무엇이 그를 기다리게 했는지 나조차도 알수 없지만, 일을 한다는 핑계로, 글을 쓴다는 핑계로, 유튜브를 본다는 핑계로 그를 작업실에서 기다렸던 것은 사실이다. 모니터 한켠에 메시지 창을 띄워놓고 읽었다는 의미의 숫자가 사라지길 기다렸다. 그가 집으로 돌아가는 길 잠깐 작업실에 들러 인사라도 나누고 갔으면 했다. 그는 종종 전화로, 메시지로 이야기를 나누며 천천히 취해가자 말했는데, 그날이 얼른 도래했으면 했다.

하지만 급한 마음은 어쩔 도리가 없다. 나이의

앞자리가 달라졌다는 사실도 무의미해졌다. 마음을 더 주는 것보다 덜 주는 것이 어렵다. 그가 슬슬 집에 가야겠다 메시지를 보내왔을 때, 바닥에 담요를 깔고 음악을 들으며 그를 떠올렸다. 그가 전화로 이제야, 내게 들리지 않고, 집에 도착했다며 말하자 아쉬움은 나를 파도처럼 덮쳤다. 담배를 한 갑 사고, 택시를 잡아탔다.

이름

[서점 근처 카페에 내 이름으로 커피 하나 달아 놨으니까 동네 오면 먹어요.]

아침, 아니 점심께에 깨어나니 그에게서 이런 메시지가 와 있었다. 이런 짓을 하다니… 이런 '짓'이라 표현한 것은, 살면서 처음 겪어보는, 너무 달콤한 '짓'이라는 생각에서다.

아직 그의 진짜 이름을 모른다. 이름도 모르는 그와 어쩌다 하루를 공유하고, 달콤한 말들을 나누는 사이가 될 수 있었을까. 이름을 안다고 해서 달라질 건 없겠지만, 그러고 보면 단지 그가 궁금할 뿐이었다. 그가 궁금하다는 이유만으로 나는, 우리는 어찌 마음을 주고받고 있을까. 그것이 어떻게 가능한 일일까, 집으로 돌아오는 새벽에 생각했다.

새벽 공기에도 이제 여름 냄새가 섞여 분다.

커피와 와인

다시 일요일이다. 책방을 보는 날이기도 하고 그와 처음으로 약속해 만나기로 한 날이기도 하다. 점심께에는 그가 근처 카페에 달아놓은 아이스 아메리카노를 테이크아웃 해와, 책방 문을 열었다.

그는 어제 "빨리 보고 싶다" 말했고, 나는 서툴게 "나도" 말했다. 그는 달큰한 말들을 자주 하는데, 내가 PC방에서 게임을 하고 있다 했을 때에도 "그러니까 더 좋아! 어떤 게임 해? 어떤 캐릭터?" 물었다. 나는 그런 그의 말들이 어색해 종종 아무 말도 하지 못했고 그는 수화기 너머로 "여보세요?" 되물었다. 그 달큰한 말들에 나는 전화를 끊으면 삼시 침대에 쓰러져 눈을 꼭 감았어야 했다.

시간이 당최 가질 않는다. 어제는 오늘이 되면 무척이나 설렐 것 같았는데, 반대의 마음이 들기도 한다. 시간이 너무 많아서일까. 나는, 동시에 그 또한 그렇겠지만, 서로에 대해 아는 것이 없는 상황에서 이렇게까지 애탈 수가 있을까 생각했다. 그에게 무엇을 물어볼 수 있을까, 무엇을 물어봐야 할까, 고민한다. 함께 마실 와인 몇 잔에 이런 고민은 사라지겠지만.

함께 마실 와인 몇 잔에

이런 고민은 사라지겠지만.

언덕길에서

　해방촌 매일 퇴근하던 길목, 야경을 그와 함께 보았다.

　그가 오른손에 들고 있던 와인을 내 오른손으로 옮기고 왼손으로 그 오른손을 잡았다. 해방촌 언덕을 오르고 내리고 다시 올라 그의 집으로 가는 내내, '여름이 다시 오는구나…' 생각했다. 동시에 어쩐지 그의 집으로 가는 일이 두려워졌다. 쉬이 마음 내주고 쉬이 변하던 날들을 떠올렸던가, 어느 여름밤의 공기와 닮은 숨을 들이마셔서였던가, 가는 길 내내 설렘보다 두려움이 컸다.

　그의 침대맡에 기대어 이런 글 조각을 쓰다 말고 '왜 두려운 걸까' 생각에 잠겨 있던 내게, 그는 "왜, 무슨 일 있어? 하고 싶은 말 있어?" 물었다. "아냐, 그냥 피곤해서" 답했다. 그가 요리하는 모습을 뒤에서 지켜보았다.

와인과 맥주에 가득 취해, 상을 저만치 치운 후에야 눈을 반쯤 감고 물어봤다.

"그런데 너, 이름이 뭐야?"

다음 날, 그와 해방촌 언덕 계단길을 올라, 버스를 타고 냉면을 먹으러 갔다. 담배를 태우고 콤파냐를 마시며 나는 종종 그가 웃을 때마다 보여주는 삐뚤어진 한쪽 앞니를 바라봤다. "글 쓰는 사람들은 다 지질하잖아. 아니, 웬만하면", 그의 말에 뜨끔했다. 이런 글 따위를 쓰고 있고, 쓰게 되리라는 것을 그는 모르겠지. 봄에서 여름으로 지나는 계절의 청계천을 걸었다. 몇 가쯤을 걷고 버스 정류장에서 그와 헤어졌다. 그는 내 마스크를 조금 내리고 쪽, 하고… 버스가 떠날 때까지 기다렸다.

약과 시

그와 이야기를 하다 보면 자주 먹는 정신과 약 이야기가 나온다. 처음 그가 "무슨 약이야? 수면제만 먹어?" 물었을 때는 소심하게 "조울증 약…" 답했다. 정신과에 다니는 게 부끄럽지 않아야 한다는 생각으로 책을 만들어 왔지만, 아마도 처음으로 그 사실이 부끄러워졌던 때였다. 하지만 그는 "내가 약 먹을 때에는…" 하며 의사가 술을 마시지 말라 했다는 말과 작은 웃음으로 매번 받아쳤다. 나는 그 작은 웃음에, 그제서야 안도했다. 다시 부끄럽지 않을 수 있었다

그는 노트에 펜으로 시를 썼다.
"이거 한번 읽어봐 줄래?"
나는 침대맡에 기대앉아 그의 노트를 읽어냈

다. 삐뚤빼뚤한 글씨, 한 줄에 꽉 차게 적어놓은 글자 크기. 그의 소개 문구로 있던 '어디에도 기대지 말고 춤을 춰요'라는 글귀도 보았다. 그가 쓰는 시는 그가 말한 자신의 삶보다 밝았다. 내가 써온 어두운 글과 달리 희망찼다. 내가 쓸 수 있는 것보다 다양한 단어와 표현이 있었다.

나는 언젠가 그의 시집을, 그만의 시집을 만들어줄 수 있는 날이 오면 좋겠다는 생각을 했다.

그 정도의 사이

친구들과 술을 마시다 그에게서 온 전화를 받으러 갔다.

"친구들이 너랑 사귀는 거냐고 물어서 '모르겠다'고 답했어."

"그러게…."

얼마간의 정적이 흘렀던 것 같다. 흐르지 않았을 수도 있다.

"너는 내가 좋아?"

"좋아."

"왜?"

"궁금해."

… 하는 질문과 답변을 한 번은 그가, 한 번은

내기 했다. 그에게 바라던 말이 없었다면 거짓일 테다. 생각보다 길어진 통화를 끝내고, 술자리를 끝내고, 침대에 누워 생각했다. 궁금하다는 사실만으로 이렇게 좋아질 수 있을까, 그와 나는 어떤 사이일까, 어떤 사이여야 할까, 어떤 사이인 것이 싫은 걸까, 싫다면 왜일까. 생각이 꼬리에 꼬리를 물던 무렵 수면제는 나를 재웠다.

다음날 깨어나서도, 그 후로 며칠간 종종 생각했다. 생각해 보면 그와 나는 서로 안 지 한 달쯤밖에 안 되었고, 매일 서로의 안부를 묻고 잘 자라는 통화를 하지만, 좋아한다던지 사랑한다던지 하는 말을 하는 사이는 아니었다. 또, 매번 서로에게 궁금하다 말할 뿐, 정말로 길고 깊은 대화를 나눈 적은 거의 없었다. 우리는 그 정도의 사이였다.

기다림은 내 특기라고

가리봉동에 다녀오는 길, 스쿠터를 타고 가다 그에게서 온 전화를 받았다. 그는 늦게 끝날 것 같으니 먼저 집에 가라고, 기다리지 말라고, 다음에 시간을 잡아서 만나자고 말했다. 나는 그 말이 서운해 몇 번 입을 달았다. "나 할 일 하고 갈 테니까, 끊어. 가서 일 하던 거 정리해" 말했다. 그는 무엇이 항상 그렇게 조심스럽고 어려운 걸까. 후암동에 도착해서는 가리봉동에서 찍어둔 사진 속 '사랑을 미루지 말자' 하는 문구를 흘겨봤다.

후암동에 도착해 작업을 끝내고, 오랜만에 써둔 그에 대한 글을 읽었다. 마냥 그를 기다리는 건 아니지만, 오늘 그를 만난다면 말하고 싶은 이야기들이 있다. 나는 처음 만난 날에도 오늘처럼 하릴없이 글을 붙잡고 있다는 이유로 기다렸다고. 이게 기다리는 거라면 기다림은 그건 내 특기라고. 미안해하지 말고 두려워하지 말라고.

그를 그날 결국 보지는 못했다. 다만 새벽 두 시 즈음 내가 [나 집에 갈게]라고 메시지를 보냈을 때, 그는 긴 메시지를 쓰고 있었다. 긴 통화를 하고, 긴 메시지를 보낼 시간에 나라면 한 번쯤 보러 왔을 텐데, 생각하면서도 그를 이해하기로 했다. 요약하고 가늠해 보자면 그는 오늘과 같은 자신의 모습을 보이기 싫었고, 그런 모습은 앞으로도 종종 보게 될 것이라는, 그보다 나은 모습만 보이고 싶다는 말이었다. 나는 그 모습이 어떤 모습일지 대략 알 것만 같아, "나 <폐쇄병동으로의 휴가> 쓴 사람이야" 말했다. 그는 "그래서 더 그런 거야" 대꾸했다. 나는 어떤 모습이든 상관 없는 사람이라는 생각에서 한 말이었는데. 나는 '#망가진대로괜찮잖아요'라고 메시지를 보냈다.

다음날, 강릉에 가기 전 을지로 인쇄소에 들렀다, 그 앞 골목에서 그를 만났다. 그는 여느 때와 같은 얼굴로 나를 맞았다. 나는 그를 몇 번 흘겨보았고 그는 그런 내 표정을 따라 했다. 그는 내가 후암동에서 뾰로통하게 전화를 받았을 때에도 "우리 가만히 안고 있자" 말했고, 강릉에 와서 자다 깨 받은 전화에도 "예쁘다, 예뻐. 예쁜 사람이야" 말했다.

그런 그를 알다가도 모르겠다는 생각을 했다. 나는, 나라는 사람은 보고 싶을 때에는 봐야 하고, 좋지 않은 얼굴과 마음이래도 보는 것이 낫다고 생각하지만, 낯간지러운 말은 잘 못하는 사람이기에, 그와 무척이나 달랐다. 이런 생각을 하며, 그가 했던 말을 되뇌어 보면서 강릉 게스트하우스에서 오후 늦게까지 누워 있었다.

무슨 사이

　　오랜만에 만난 언니들이 별일 없냐 물어서, '만나는 사람'이 있다고 이야기했다. 그와의 사이는 말 그대로 '만나는' 외에 다른 방식으로 정의해본 적 없기 때문이다. 언니들은 "만나는 사이라는 게 그래서 뭐야? 사귀는 거야? 아니라는 거야?" 따져 물었다. 나는 "잘… 모르겠는데요, 그냥 만나요. 안부 묻고, 자기 전에 통화하고… 그런 거?" 답했다. 언니들은 무슨 사이인지 확실히 해야 한다고 성을 냈다.

　　그로부터 이틀이 지나고 그를 만났다. 취해서라도 "우리 무슨 사이야?" 하는 진부한 질문을 하고 싶었지만 그만두기로 했다. 다음날 정신을 차려서도 묻고 싶었지만, 어쩌면 그 질문으로 멀어질 것 같은 두려움에 또 그만두기로 했다. 점심으로 간 태국

음식점에서 전화를 받은 그는 "응, 밥 먹고 있어. 친구랑. 이따 전화할게" 하고 끊었다. '친구라고···', 잠깐 생각하는 동안 그는 "왜 그러고 있어? 기운 없지?" 물었다. "응, 더워서 그런가 기운이 없네" 답했다.

그는 나에 대해 무슨 생각을 할까, 나와 무슨 사이라고 생각할까.

혜화동에서

　그가 월요일 저녁에 보자고 했다. 토요일에서 일요일로 이어지는 때에 보고서도 그 말이 내심 반가웠다. 일요일에는 밥도 같이 못 먹고 일을 하러 가버린 게 미안하다며 그는 네 번이나 내게 전화를 걸었다. 그 뒤에 따라온 힘들어서 못 볼 수도 있겠다는 말에는 쉬라고 말하고 싶은 마음 반, 그래도 보았으면 하는 마음 반이라, 힘들면 나오지 않아도 되는데 보고 싶다는 메시지를 보내고 잠들었다.

　월요일, 그에게서는 별달리 보자는 말이 없었다. 어찌 될지 몰랐지만 나름대로 예쁘다고 생각하는 옷을 챙겨 나갔다. 동생들과 헬스장에도 피부과에두. 마트에도 다녀오니 어느덧 네다섯 시가 되어가던 때였다. 동생들은 배가 고프다며 국수를 먹자 말했다. 나는 차마 그를 기다린다 말 못 하고, 또 혼자 밥을 먹게 될까 봐 동생들과 국수를 먹기로 했다. 국수를 주문하니 그에게서 일곱 시쯤 혜화에서 볼까, 하는 메시지가 왔다. 국수는 이미 조리되고 있었지만, 그러자고 했다.

그와 혜화에서 친구가 추천한 적 있던 솥밥을 먹으러 갔다. 맛이 무척 심심해 잘 맞지 않았기도 했지만, 실은 배가 불렀다. 밥보다는 술로 배를 채우고 밥의 반 정도를 남겼다. 그리고는 술을 더 마시러 반대편으로 걸었다. 적당한 곳에서 소맥을 마시며 적당한 농담들을 하고 적당히 담배를 태웠다. 열 시가 되어 술집에서 나왔지만, 집에 들어가기 싫다며 떼를 쓰다 지하철역으로 떠밀려 들어갔다. 혜화역 3번 출구에서였다.

그러고 보면 그와 안지 두 달 하고도 한두 주 정도 더 지난 날에야 처음 평범한 데이트를 했다. 평범한 데이트가 평범하지 않게 느껴진 하루였다.

평범한 데이트가 평범하지 않게
느껴진 하루였다.

2막

어쩌다 이런 사랑을 하고

어떡할 건가요?

    친구들과 술을 마시다가 종종 질문 카드 게임을 한다. 여러 가지 상황과 질문이 담긴 이 질문 카드 게임에서 별다른 룰은 없다. 그저 돌아가며 카드를 뽑고 카드에 적힌 질문에 대한 답을 할 뿐이다. 두어 번 뽑힌 어느 카드의 질문은 아래와 같다.

    [당신의 애인이 바람을 피웠다는 사실을 알면 어떻게 하실 건가요?]

    사람들의 의견은 대부분 '헤어진다'로 향한다. 경험상 대부분의 경우에 그런 선택을 하겠다 대답들 하고, 몇몇은 망설이다가노 '그래야셌시요' 답한다. 단 한 명도 계속해서 만나기를 선택하지 않는다. 답변들이 허무하게 한 곳으로 향할 때, 나는 한 가지 조금 비슷하면서도 다른 질문을 그들에게 한다.

"당신이 애인의 바람 상대였다는 걸 알면 어떡할 건가요?"

잠시 숙연해진다. 몇몇은 '왜 그런 질문을 해?' 하는 눈으로 나를 갸우뚱 바라본다. 대부분의 답변은 이번에도 '헤어진다'로 쏠린다. 아무도 나에게 답을 바라지 않는다. 나는 입술을 한번 잘근, 깨물고 다음 카드의 질문으로 넘어갈 뿐이다.

그 밤에 있었던 일

그는 한 시쯤 취한 채 작업실로 왔다.

이번에 대전의 한 책방에서 주려고 산 최승자 시인의 시집, <이 시대의 사랑>을 건네자 좋은 건지 싫은 건지 "이 시대의… 사랑… 사랑…" 하며 계속해서 제목과 시인의 이름을 되풀이했다. 나는 하던 일을 멈추고 짐을 쌌지만, 그는 짐을 풀고 잠깐 앉아보라 했다. 그는 몇 번이고 "나 취한 것 같아" 말했고, 나는 "너 처음 왔을 때만큼 취한 것 같아" 답했다. 한참을 별다른 이유 없이 작업실에 앉아 있다, 그의 집으로 가기로 했다. 가서 맥주를 마시기로 했다. 집에 들어서서 몇 번씩이나 꼬옥, 포옹을 했다. 그러다 "맥주 먼저 마시자" 말하고 그가 접이식 의자를 꺼내왔다.

그때 문 앞에 놓인 빨래 건조대에 하늘색 여성용 팬티가 눈에 들어왔다.

"이거 뭐야?"

그는 그쪽을 보지 않고 내게 "나가자" 말했다. 나는 "이거 뭐냐고. 네 거야?" 되물었고, 그는 "나가자니까", 몇 번이고 같은 말을 반복하다 내가 물었다.

"말하기 싫어?"

"응."

"난 듣고 싶어."

"나가서 말해줄게."

접이식 의자를 펴고 캔맥주를 따고 담배에 불을 붙였다. 그는 내 눈치를 보는 듯했고, 나는 담배를 두 개비째 필 때쯤에서야 "말 안 할 거야?" 물었다. 그가 꺼낸 말을 요약하자면 정리 중이었던 연인이 있었고, 종종 집에 찾아온다고 했다. 나는 친구들이 온다고 했던 것도, 가족들이 온다고 했던 것도, 일이 있다던 것도 그 사람이었냐 물었고, 그는 아니라고 했다. 그의 입에서 '연인'이라는 단어가 나올

56

때는 마음이 내려앉는 것 같았다. 내게는 아직 한 번도 붙여지지 못한 호칭이었기 때문이다.

그는 무슨 말을 하는지, 이 말을 했다 저 말을 했다, 혼자 괴로워했다. 그러다 내게 자신이 왜 좋은지, 왜 궁금한지에 대해 물었다. 생각해 보면, 연애 대상으로 '독자를 만나보고 싶다'라는 생각을 할 즈음 마침 그를 알게 된 것이었다. 그게 그가 아니었다면 어땠을지 모르겠지만. 나는 그렇게 답했고, "걔가 좋아?" 물었다. 그는 "정이 들어서인지… 잘 모르겠어" 하는 애매한 대답을 내놓았다. "내가 좋아?" 물었을 때는 "좋아" 답했다. 나는 괴로워하는 그를 안아주었지만, 그는 나를 밀어내고 의자를 당겨다 내 앞에 앉았다.

"나 가진 것도 하나 없는데 내가 뭐가 좋아?"

"가진 거 없어도 돼. 나 돈 벌 만큼 벌어."

"그건 아는데… 왜 나냐고."

… 하는 지지부진한 대화를 한참을 나누다 말 없이 담배를 태우다 했다. 언젠가 그는 제주도에 가서 장사하고 싶다는 말을 했었다. 나는 그 얘길 듣고

함께 가고 싶다는 생각을 했었다. 그저 바로 그런 생각이 들었다.

나는 약한 나의 담배 대신 그의 담배를 달라고 했다.

이상하리만큼 초연했다. 나이를 먹어서인지, 말도 안 되는 일, 그러니까 어느 '바람이 난 상대'가 나라는 일이 일어났는데 왜인지 초연했다. 담뱃재를 툭툭 털며 무표정한 얼굴로, 혹은 누군가 들으면 귀찮은 문제를 해결하려는 듯한 투로 말했다.

"하나만 해."

담배를 네 개비째 태우고 있었다. 나는 불이 꺼진 서울타워를 종종 올려다보며 무슨 이야길 해야 할지, 오늘 밤은 어떻게 될지 생각했다. 나는 어떤 수를 두어야 할까, 어떤 이야기를 꺼내야 할까 고민하다 내가 가진 비밀 하나를 꺼냈다. 이제와 생각하면 그의 잘못과는 사뭇 다른 그저 개인적인 비밀이었지만, 남들에게 말 못할 말을 그의 잘못을 상쇄하기 위해 했던 말인 것 같다. 그는 그제서야 다행인 얼굴을 했다. 우리의 이야기가 끝나가고 있음이 느껴졌다.

"나, 집에 갈까?"

"아니, 어딜 가. 자고 가야지."

집으로 들어가 우리는 여느 때처럼 서로를 탐했다. 나는 앞에 그를 두고 벽에 붙은 채로 작게 그의 진짜 이름을 불렀다.

그는 오랜만에 듣는 자신의 이름이라며 놀랐다.

"나랑 만나자."

그가 왜 좋은지, 왜 가진 것도 없다는, 애매하게 구는 그를 이토록 바라는 건지 나 스스로도 나를 이해할 수 없었지만, 그렇게 말했다. 또다시 여느 때처럼 각자의 옷을 벗고 침대에 누웠다. 나는 애매하게 끝나버린 대화에 잠들지 못하고 맥주 한 캔에 수면제 한 알을 가방에서 꺼내 더 먹었다. 새벽 네 시였다.

잠에서 깨니 아침 일곱 시 반이었다. 잘 자고 있는 그를 방해하고 싶지 않아 한 시간 즈음을 뜬 눈으로 고민하며 보냈다. 여덟 시 반, 그를 깨우려 이불 아래로 들어갔다. 그렇게 또 한두 시간 후, 그는 십 분만, 십 분만 더… 하며 잠들었다.

"이렇게 시간이 멈췄으면 좋겠다. 왜, 폼페이에도 그런 커플이 있었잖아."

나를 끌어안은 채로 그는 그렇게 말했다.

열한 시.

"네가 제일 좋아."

그는 '제일'이라는 표현으로 몇 번 말했고,

"나만 좋다고 해줘."

나는 나'만'이라는 말로 바꾸어 달라고 몇 번 답했다.

축축하게 젖은 침대 시트 위에 나란히 누웠다.

"다른 사람들한테 너를 애인이라고 말하고 싶어."

"나랑 연애할래?"

"응."

참, 속도 없이 답했다는 생각을 했다. 그에게 먼저 만나던 사람을 완전히 정리하라고 말하고 싶

었지만, 그 순간만큼은 내뱉고 싶지 않은 말이었는
데다가 조금은, 그를 믿었다. 샤워를 하고 길을 나섰
다. 능소화가 가득 피어 있는 담벼락에서 처음으로
함께 사진을 찍었다.

그와의 연애

그와의 연애는 평범했다.

매일 일과를 나누고, 매일 밤 그는 나에게 전화를 걸었다. 종종 후암동 그의 집으로 갔고, 가끔 만나 맛있는 걸 먹고 술을 마셨다. 여느 연인들이 하는 것과 같았다.

다만 한 편으로는 가끔 그런 생각이 들었다. 그가 내가 아닌 다른 사람과 만나면 어떡하지, 또 지난 연인이 집으로 찾아온다 말하면 어떡하지, 그래서 나를 떠나면 어떡하지. 하지만 이런 걱정이 무색하게 그는 나에게 어떤 티도 내지 않았다. 다행이라고 생각했다.

어느 하루 그의 집에서 나서기 전, 거울 앞에

서 화장을 하고 있을 때 뒤에서 카메라 셔터 소리
가 났다. 찰칵, 하는 휴대폰 기계음이 아닌 진짜 카
메라 셔터음이었다. 그가 일회용 필름 카메라로 거
울 앞의 나를 찍은 거였다. 나는 놀란 기색을 보였으
나, 실은 기뻤다. 그가 나를 필름 사진의 한 컷을 내
게 할애했기 때문이었다. 그 사진이 지금도 남아있
는지는 모른다. 잘 나왔는지도, 어떤 모습의 내가 찍
혔는지도 모른다. 다만 그때 환한 햇살이 들어오던
초여름 날, 그의 집에서 들리던 셔터음에 대한 기억
은 나를 여전히 미소 짓게 한다.

사진 찍히는 일을 그리 좋아하지 않았던 그와
는 찍은 사진이 많지 않다. 그는 내가 휴대폰 카메라
를 들이대면 매번 놀라는 표정을 지었다. 가끔은 그
가 나를 찍길 바랐지만 그는 나보다도 함께 걷던 거
리의 풍경들과 조그마한 나무와 풀을 찍었다. 그런
그가 내심 탐탁지 않았으나, 나는 그런 그의 모습마
저 좋았다.

우리는 잦은 점심을 후암동과 숙대입구에서 먹었다. 주로 그가 쉬고 내가 책방 일을 하는 일요일 낮이었는데, 그 덕에 후암동과 숙대입구의 맛집과 밥집은 훤히 꿰게 되었다. 우리는 주로 점심에 백반이나 감자탕, 부대찌개를 먹으며, 그는 소주를 나는 맥주를 마셨다. 일요일 점심은 반주로 시작하는 날이 많았다.

그는 그 근처 식당들을 소개하는 것을 좋아했다. 이곳 부대찌개 집은 얼마나 오래되었고, 이곳에서는 동태탕에 소주를 마시면 기가 막히고… 그런 설명을 해가는 그를 나는 좋아했다.

또 가끔 우리는 내 민트색 베스파를 타고 함께 해방촌과 경리단 일대를 쏘다녔다. 그의 집에서 잠이 깬 어느 아침에 나는 "팬케이크를 먹고 싶어" 말했다. 그는 한참을 휴대폰을 들여다보더니, 내 스쿠터 뒷자리에 나를 태우고 경리단으로 향했다. 팬케이크를 판다고 한 집에는 손님들이 줄 서 있어서 다른 곳에 갔다가, 결국 해방촌으로 돌아와 밥을 먹기로 했다. 아마 백반 같은 걸 먹었던 것 같다. 결국 지금까지도 팬케이크를 먹은 적은 없다.

가끔은 그가 우리집으로 찾아오기도 했다. 아주 가끔 내 깊은 우울이 폭발할 때면, 나는 그에게 울며 전화를 걸었고 그는 택시를 타고 늦은 밤, 늦은 퇴근 후에 우리집으로 왔다. 두세 번 정도 일어난 일이었는데, 그중에서 하루는 엄마에게 먼저 전화를 걸었다.

"엄마, 나 서울에서 이렇게 살 바에 제주도 가서 살래."

엄마는 내가 왜 하필 제주도에 가고 싶은지 몰랐지만, 당황해서인지 그냥 그러라고 했다. 한 달 정도 먼저 가보고 정하면 어떨까 하는 현실적인 조언도 했다. 실은 그와 함께 제주에 가고 싶었다. 어쩌면 종종 제주에 대해 이야기하던 그가 떠날까 불안했던 것이었을까. 울고 있는 나를 찾아온 그에게는 아무 말도 하지 못했다.

가끔 그렇게 찾아오게 만든 일이 미안했지만, 또 가끔은 이런 나를 그가 알아주었으면 했다. 이해 해 주었으면 했다. 나를 조금 더 사랑해 주었으면 했다.

… 하는 생각을 하며 그와 손을 맞잡고 후암동 거울 앞에서 찍은 사진을 빤히 들여다본다.

그는 그 근처 식당들을
소개하는 것을
좋아했다.

이곳 부대찌개 집은 얼마나 오래되었고,
이곳에서는 동태탕에 소주를 마시면
기가 막히고…
그런 설명을 해가는 그를
나는 좋아했다.

우울해서 힘들었다는 말

"싫었다기보단 힘들었던 거지. 나도 힘든데, 되게 어려운 상황이었는데… 회사 일도 그랬고. 그건 알았어. 내가 너네 집으로 가면 네가 나아질 거라는 건 알았지. 잠시 도움이 되었으면 했던 거였고. 그렇게 하다 보니까, 너는 나한테 짐이 되었어. 나는 원래 그랬거든, 항상 각자가 각자의 삶을 잘 이어가길 바랐거든. 원래 사람은 그게 쉽지가 않지만 말야. 그때 나는 너무 힘들었거든. 근데 너가 그런 방식으로 내게 오는 게 두려웠어. 예를 들면, 내가 너네 집에 갔다가 아침이 되면 출근을 했어야 했지. 나의 지옥은 어떻든 간에 너의 지옥은 어떻게든 걷어내 주고 싶었는데. 내게도 그런 지옥이 있었으니까. 나 스스로를 보호하려는 기제도 있었으니까, 그렇게 해야 할 것 같았어. 그게 안 된다면 너는 내게 계

속 기대기만 할 것 같았고, 그게 내게는 어려운 일
이었어."

그는 내가 깊은 우울에 빠질 때마다 우리집으
로 왔다. 동생은 같이 살던 친구에게 "언니가 많이
힘들어서 말야" 말해서 그가 우리집으로 온 까닭을
말했다.

"예전에 써둔 글이 있어. 2015년에 쓴 글의 일
부야. '다정한 각자의 경계가 분명할 때, 사랑은 서
로의 여백이 선명할 때…'라는 생각을 했었거든. 난
그게 좀 필요했던 거야. 그래서 지금까지의 연애가
다 망했던 거 같아. 각자가 있기 때문에 서로가 있다
고 생각해. 각자의 여백이 있어야 그곳에 글이든 낙
서든 할 수 있는 거지 싶어. 근데 그게 안 되잖아. 인
간관계라는 게."

그 말을 듣고 나의 깊은 우울을 감싸주었던 사
람들을 떠올렸다. 자신의 삶은 시궁창이어도 웃자

며 별별 모습을 보여주던 이들…. 그가 우리집으로 온 때에는 사실 내게 그리 깊은 우울은 아니었다. 단지 살고 싶지 않은 정말로 세상을 떠나고픈 날들 중 하나였을 뿐.

"제일 가깝고 치열했던 날들인 것 같아. 네게도, 내게도. 동시에 서로 힘들었던 날들이기도 하고 말야. 힘이 되면서 또 힘이 들었던 때지. 역시나 치열했던 날들인 것 같아. 생각해 보면, 우리가."

29:07…

29:08…

침묵이 흐른다. 이미 서너 번째 이야기다.

"그만 만날까."

"잘 모르겠어."

'잘 모르겠다'는 내 이야기를 풀어서 그에게 전달하고자 머리를 굴려댔다. 다만 이렇다 할 대답이 나오지는 않았다. 입 밖으로 나오려는 말들을 삼키고 삼키다, "모르겠어" 하는 말만 전할 뿐이었다.

"네가 예전에 노래들도 보내준 거 기억해?"

"응. 기억하지."

"난 가끔 그때 생각을 해."

그만둘 수 있는, 그만둬야 하는 관계를 앞두고 "모르겠어"라는 말로 대답을 회피한다. 회피, 라기에는 정말로 '모르겠다'. 내가 그와의 관계를 그만둘 수 없는 이유는 아마도 미련 때문이리라. 내게는 그와 하고 싶었던 일들, 하지 못했던 일들이 많다. 다른 이들과처럼 싸워본 적도, 여행을 가본 적도, 하루 종일의 평범한 데이트를 한 적도 없다. 하지 못한 일들은 미련으로 밀려왔다.

권태

여름이 가고 겨울이 왔다. 우리에게도, 곧 권태로운 시기가 왔다. 그의 메시지는 짧아졌으며, 그의 전화도 더 가끔 왔다. 나의 말은 길어졌다.

[너 왜 그러는 거야? 전화도 잘 안 하고 잘 만나지도 않잖아. 나는 이런 게 맘에 안 들어.]

그는 바빠서, 힘들어서, 기분이 좋지 않아서, 하는 이유들을 댔지만, 내게 충분한 이유는 되지 않았다. 내가 책방에서 일하는 일요일이면 그를 만날 수는 있었지만, 이전처럼 그의 넘치는 마음을 느낄 수는 없었다. 넘치지는 않아도 가득 찬, 아니 반이 넘는 몇십 프로의 마음조차 느낄 수가 없었다. 날씨가 추워지면서 그의 마음도 점점 멀어져 가는 게 느

꺼졌다. 자주 다퉜고, 자주 미안하다는 말을 들었고,
자주 마음이 무거워졌다.

[우리 그만 만날까? 너가 그런 것 같아서….]
[그럴까? 내가 미안해.]

빛이 꺼져 가던 즈음에….

내가 꺼낸 이별의 말에 바로 동의하는 그에게
이별의 말을 번복하며 조금 더 노력해 보자는 말밖
에 하지 못하는 나였다. 우리에게 권태로운 날이 온
이유를 나는 알지 못한다. 나는 그를 앞에 두고 자주
울었고, 그는 무표정한 얼굴로 나를 달랬다.

"괜찮아."

무엇이 괜찮다는 것인지 알 수가 없었다. 하지
만 그는 그런 이별조차, 그러니까 이별을 마주한 내
가 괜찮을 거라고 말했다. 나는 다가오는 이별에 대
해서는 쓴 적이 없었다. 다만 그가 처음 나를 사랑
해 준 날들을 떠올리고, 써둔 글을 다시 읽어낼 뿐
이었다.

다만 그가 나를 처음
사랑해 준 날들을 떠올리고,
써둔 글을 다시 읽어낼 뿐이었다.

어떤 불안

　네가 연락이 안 될 때마다 내가 불안했던 까닭은 말야. 너는 알 수 없겠지만, 네가 다른 누군가와 함께 있지 않을까 하는 마음들에서였어. 이전에는 내가 만나는 사람이 다른 이들과 있어도 신경이 쓰이지 않았던 것이 아니라, 걱정된 적이 없었던 거야. 내가 네게 말했던 것처럼 이런 불안이 나를 점점 망쳐 간다는 사실을 예전부터 알고 있었어. 하지만 어쩔 수가 없었어. 네게 누구와 함께 있는지 물어보는 일도 네게 부담으로 느껴질까 물어볼 수 없었지. 모두가 말해, '네가 '그런' 사람은 아니잖아'라고. 그러니까, 누구와 함께 있는지 캐묻는 사람이 아니라는 뜻이야. 그럼에도 내게 남은 건, 네가 느끼는 부담이었어. 나는 말했지. '내가 많은 걸 원한 건 아니잖아'라고. 이제 나는 어떻게 해야 할지 모르겠어.

숨

마스크 바깥으로 입김이 올라온다. 에어팟에서는 선우정아의 <남>이 흘러나오고, 눈앞은 술집들의 불빛들로 가득하다. 술기운은 조금씩 올라오고, 오늘 만난 사람들에게 보이기 싫었지만 보였던 어두운 표정을 기억한다. 멜로디는 점점 더 크게 들리고 눈동자의 불빛은 흔들린다.

'사라지는 우리, 지워지는 우리'

… 하는 가사를 되뇌며 길을 걷는다.

나는 잠에서 깨어나면 그를 떠올린다. 그와 함께 맞은 아침, 이를 닦지 않은 채로도 입 맞출 수 있었던 날들을 떠올린다. 가볍게, 어쩌면 술과 함께 무섭게 믹였을 점심을 떠올리기도 하고, 손을 잡고 걸은 동네를 떠올리기도 한다.

'우-우우-우-우- 사라지는 우리라는 말'

　　내가 두려운 것은 그가 내 삶에서 사라지는 것
이 아니다. 우리라고 말할 수 있었던 사실이, 그와
함께했던 시간이 부정된다는 사실이, "잘 지내고,
건강하게"라는 말을 들어야 한다는 사실이 두렵고
슬프다. 내가 되고 싶었던 우리의 모습은 이런 것이
아니었다. 사랑하고 미래를 함께하고 결혼하는 것
이 내가 그렸던 미래는 아니었지만, 이런 것은, 겨우
이 정도는 아니었다.

내가 두려운 것은

그가 내 삶에서 사라지는 것이 아니다.

마지막 편지일지 모르는

안녕,

어쩌면 마지막 편지일지도 모르는 편지를, 그런 편지를 술을 마시고 쓴다.

너는 얼마간 안동에도 내려갔다 왔고, 또 얼마간은 통영엘 있었지. 나는 그 하루하루를 너가 한번쯤은 전화를 해줄까, 아닐까 궁금해하며 보냈어. 물론 마지막엔 그저 생각뿐이었지만은.

왜 너의 전화를 기다릴까, 왜 너를 만나고 싶을까. 물론 너는 이제는 친구로 지내면 좋겠다는 말도 했고, 내가 널 좋아하는 것만큼 너는 나를 좋아하지 않는 것 같다고 말했지만 말야. 하지만 나는 아직도 가끔 너와 제주도에 내려가서 사는 일을 상상하고, 후암동 어딘가에서 함께 술을 마시고 싶다는 생각을 해.

　써야 하는 마음을, 쓰기로 한 마음을 다 쓰지 못한 아쉬움인 걸까. 겨우 그 아쉬움뿐으로 사람이 이리도 망가질 수 있는 걸까, 생각해. 네가 말했듯 내가 너를 왜 이렇게까지 붙잡을 수밖에 없는지는 나조차도 알 수 없는 노릇이야.
　너는 상냥하고 섹시하지만 그것만으로 전부라 말하지 못해. 네가 네 입으로 "내 욕이라도 좀 해", 몇 번이고 되풀이하던 것처럼, 네 욕을 해도 나아지는 건 없어. 답이 나오지도 않고 그저 내 푸념에 내 친구들이 너를 조금 더 싫어하게 될 뿐이야.

　이런 나는 어쩌나 싶어. 어디에서 무얼 하는지조차 잘 모르는 네가 좋아서 말야. 더 자주 보고 싶고 더 많이 이야기 나누고 싶고 더 많이 함께하고 싶어. 그 이유는 여전히 알 수 없어. 마음이 어렵다고 해서 네게 기대고 싶은 건 아냐. 그럴 수 있으면 좋겠지만, 그러고 싶은 마음이 있는 건 아냐. 나는 오히려 네가 어려운 마음을 내게 털어놓고 잘 버텼으면 좋겠어.

오늘은 사람들 앞에서 바다와 사랑에 관한 시를 읊었거든. 바다는 사랑과 같은데 멀고, 또 사랑 같으니 가까우면 너무 어렵다는 긴 시를 소주 몇 병을 마시고서야 읊은 거 있지.

가끔은 그런 시를 쓸 수 있으면 좋겠다는 생각을 해. 네게, 그러니까 '어디에도 기대지 말고 춤을 춰요' 말하던 너에게 나도 그런 문장을 전할 수 있다면 좋겠다는 생각을 해. 네가 시를 더 썼으면 좋겠어. 내가 못 하는 일이기도 하고, 네가 잘할 수 있는 일이지만.

나는 언제쯤 너에게 정말로 그만 만나자고, 내가 더는 좋지 않냐고 되묻지 않는 날이 올까 생각을 해. 그건 아마 곧이겠지. 하지만 나는 그게 곧이 아니면 좋겠어. 그래서 오늘도 새벽까지 술을 마시고 편지를 써.

긴긴 권태는 나를 잡아먹고

그와 권태로운 일상이 시작된 것도 여느 연인들과 다름 없었다.

우리는 더는 이 평범했던 일상을 유지할 수 없다고 생각했다. 나는 그에게 꽤나 자주 "그만 만날래?", 물었으며, 그는 "그러자. 그게 좋겠어" 답했다. 이내 나는 맘을 바꾸어 "아니야, 우리 조금만 더 만나보자" 말하면, 그는 "그러자. 그래보자" 답했다. 그는 내가 하는 말에 매번 대꾸만 했고 변하는 것은 없었다.

써야 하는 마음을 덜 썼다고 생각했다. 우리는 아직 함께 할 일이 많은데, 함께 해야 하는 일이 많은데, 수많은 약속과 바람들이 내 마음속에 여전히 남아 있는데…. 나는 그걸 포기할 수 없었다. 그래서 뜸해진 만남 속에서도 그와 또 약속을 잡고, 후암동이면 그를 찾고, 그에게 연락을 했다. 그는 바뀌었지만 바뀌지 않은 것도 있었다. 매일 밤 습관처럼 열두 시가 넘은 시간에 나에게 전화를 거는 일이었다. 나는 그마저도 고마웠다.

하지만 이 긴긴 권태를 이길 도리 없다 생각했다. 그와의 만남을 정리하기 위해, 이별을 맞이하기 위해, 나는 글을 썼다. 그와의 만남에 대하여 또 남기고 남겼다. 언젠가는 잊혀 갈 이 짧은 만남을 잊지 않고 싶었다. 내가 왜 그를 사랑하게 되었는지 쓰고 다시 읽어내다 보면 눈물이 뚝뚝 떨어지는 날의 연속이었다. 그는 그 지지한 시간을 견뎌내던 나를 몰랐을 테다. 늦은 답장에, 짧아진 통화에, 뜸한 만남에 지난 날의 기록을 붙잡고만 있는 나를 그는 몰랐음에 분명하다.

나는 그런 그를 두고 어찌해야 할 바 모르며 시간을 흘려보냈다. 친구들을 만나 이런 이야기를 하면 친구들은 그를 더욱이 싫어하게 되었으며, 헤어지라는 말만 했다. 하지만 그와의 이별을 준비할 수 없었던 나는, 나조차도 이런 나를 알 수 없었다.

사람과 사람 사이는 수학이 아니라서

지난밤, 친구에게 메시지를 보냈다.

"뭐랄까. 사람과 사람 사이가 방정식같이 간단했으면 좋겠어. 이렇고 이래서 넌 마이너스, 그럼 관계는 종료. 이렇게."

"참 쉽지 않지. 사람은 수학이 아니라서."

학창 시절 가장 좋아했던 과목은 수학과 물리였다. 모호함도 의외성도 없었기 때문이다. 생각할 필요 없이 정해진 답, 그게 내가 좋아하던 것. 대학 시절에는 코딩을 좋아했다. If, If not, 값에 맞게만 반응한다. 반면, 가장 어려워했던 과목은 많이들 선택하던 사회문화였다. '이럴 수도 있고 저럴 수도 있지 않나' 생각하다 보면 시험 시간은 지나 있었다.

철학 수업도 재미는 있었지만 어려웠다. "이럴 수도 있지 않나요?" 하면 선생님이나 교수님은 머리 위에 물음표를 띄우고 계셨다. 그래서 내가 수학과 물리, 코딩처럼 살았나 하면은, 사회문화와 철학처럼 항상 '이럴 수도 있지 않나', 물음표를 띄우고 살았던 것 같다.

진부한 말이지만 사람과 사람 사이는 방정식 같지 않아서, 덧셈과 뺄셈에 곱셈과 나눗셈, 미분과 적분을 해봐도 이렇다 할 답이 나오지 않는다.

X = '그를 좋아하는 이유' + '그를 싫어하는 이유' = 0

어제는 한 사람에 대한 방정식의 미지수 값을 구하기 위해, '좋아하는 이유'와 '싫어하는 이유'의 리스트를 적고 그 크기를 매겨봤다. 좋아하는 값을 양수로, 싫어하는 값을 음수로 적어내 나온 값은 '0', 좋아한다 말할 수도 싫어한다 말할 수도 없는 노릇이었다. 이어나가기도 끊어내기에도 선택은 어렵다. 좋은 이유와 싫은 이유의 값이 마이너스가 나왔다면 끊어낼 수 있었을까? 그것도 아니다. 관계란 너무나도 피곤하다는 생각하며 맥주 한 모금을 들이켰다.

작은 책자 한 권을

나는 그에 대해 써둔 글을 모아 작은 책자로 만들어 건네며, 이제 그만 만나자고 했다. 이미 몇 번이나 우리 사이에서 나왔던 말이지만 다시 한번 마지막으로 한 말이었다.

<봄에서 봄까지>

그날 많이도 울었다. 헤어지고 싶다고 하다가, 또 헤어지기 싫다가를 반복했다. 나는 그를 껴안고 조금 더 만나보자 말하다가도, 그를 밀치며 너라는 사람은 아닌 것 같다고 말했다. 나의 혼란스러운 감정은 그대로 드러나 아마도 그를 당황케 했을 것이다.

눈물이 거의 마를 때쯤 오른쪽으로 돌아 가방을 주섬주섬 챙겼다.

"왜 그래?"

나는 가방에서 그에 대해 쓴 책-그러니까 우리가 만나온 이야기에 대한 글-을 꺼내 그에게 건넸다. 얼마간 책을 손에 쥐고 바라보다, 그의 이름이 적힌 'OOO에 대하여'라는 부제를 본 그는 나를 끌어안았다. 그때 직감했다. 우리는 헤어질 수 없을 거라는 걸. 헤어지기 위해서 만든 책자이지만, 아니 정말로 그러려고 정리한 이 짧은 사랑에 관한 글이었지만, 그가 나를 끌어안는 건 예상치 못했다. 그와 처음 만나고 사랑한 날들에 관한 이야기를 담아 그가 사랑하던 초록빛의 나무 사진을 표지로, 두 권의 책을 만들어 한 권은 내가 가지고, 한 권은 그에게 주었다.

책자를 한참 바라보던 그는 나에게 다가왔다.

우리는 여느 때보다도 서로를 탐했다. 어쩌면 책자 하나로 그에게 다시 불을 붙일 수 있겠다는 생각을 했다. 그날도 결국 함께 그의 집으로 향했다.

마지막

    결국 내가 그와 헤어지게 된 것은 그날로부터 한참 지난 해방촌에서의 어느 추운 봄날이었다. 해방촌 책방에서 일하던 날이었다.

[오늘 같이 저녁 먹자.]
[피곤해.]
[저녁은 먹어야 할 거 아냐. 저녁만 먹자.]
[혼자 있고 싶어.]

    그날, 나는 그의 마음이 여기까지라고 생각했다. 책자 한 권으로 닿을 수 있는 마음은 여기까지라고. 여기에서 멈춰야 한다고 생각했다. 눈물을 참기도, 마음을 삼키기도 하면서 그에게 짧고도 긴 메시지를 보냈다.

[네 동네에 와 있는데도 주말 저녁에 밥 한번

못 먹는 건… 내게 너무 어려운 일이야.

(…)

우리 이제는 진짜 그만 만나자.

부디 답장은 말아줘.]

3막

능소화와 동백꽃

혼자 술 마시며 혼자 하는 말

'BITE POETS'라는 제주의 바에 와 있습니다. '시를 베어 물다'라는 상호의 뜻과 마찬가지로 바에 들어오자마자 눈에 띈 것은 테이블에 올려진 시집 들이었습니다. 시를 파는 곳은 아니고, 진과 위스키, 와인을 파는 곳입니다. 지금은 진토닉을 두 잔째 마시고 있는데, 사장님께서 더 추천해 주신 호주산 진, 'Four Pillars'로 만든 드라이한 진토닉입니다. 술을 마시며 시집을 가져다 읽을까, 두어 번을 테이블을 둘러보았지만 어쩐지 책을 펼칠 마음이 생기지 않는 오늘입니다. 제주까지 와서 휴대폰을 들여다보고 있는 건 더 원치 않는 일이고요.

혼자서는 떠들 수가 없습니다. 함께 앉은 사람의 이야기를 들을 수도 없습니다. 그저 술을 홀짝이고 주변을 둘러보고 잠시 생각에 잠겼다가 다시 술을 홀짝이는 일의 반복일 뿐입니다. 술을 마시면 하고 싶은 말들이 그렇게나 많은데, 지금은 혼자입니다. 그래서 저는 혼자서 떠드는 일을 키보드를 두드리는 일로 대신하기로 했습니다. 그러고 보면 집에서도, 집 앞 국밥집에서도, 동네 와인바에서도 혼자서 술을 마실 일은 많았지요. 그때마다 함께 이야기할 상대를 찾고자 휴대폰을 붙잡고 사람을 끊임없이 찾았고, 심지어 인스타그램 라이브 방송을 통해 술을 마시는 모습을 송출하기까지 하는 게 저의 일상이었으니까요.

제주에 와 있는 까닭은 '제주북페어'에 참여하기 위해서였습니다. 주말 동안 열린 행사 기간 내내 책은 많이 팔리지 않았지만, 반가운 얼굴들을 만나 인사를 나누곤 했습니다. 행사 이틀 전에 이곳에 왔습니다. 지난해 한 친구가 한동안 "가파도 청보리밭에 함께 가지 않을래?" 계속해서 물어보던, 그 청보리밭에도 가볼 수 있었지요. 오늘은 곽지과물 해변에 가서 킹아지 루이도 오랜만에 만났습니다. 그곳 카페 사장님께서 알려주신 '바다, 사랑, 그리고 추억'이라는 인상적인 이름을 가진 장작구이집에도 갔고요.

별일 하지 않아도, 특별한 사건이 없어도 괜찮은 날들이었습니다. 다만 한 달 전쯤 다녀온 대만 여행에서부터 느낀 점이 있다면, 여행을 대하는 느낌이 꽤 달라졌다는 것입니다. 언젠가의 저는 공항에 들어서는 순간부터 여행이 시작되어 조금 싱숭생숭하기도 하고 약간 설레기도 했습니다만, 이제는 그렇지 않습니다. 그곳이 김포든 인천이든 공항까지 갈 생각만 해도 '언제 그까지 가나' 아찔하기만 합니다. 아, 물론 여행이 싫다는 이야기는 아닙니다. 다만 제게서 설렘이라는 감정이 많이 휘발되어 사라져 버린 것만 같습니다. 무엇이 이렇게 만들었는지는 여전히 의문입니다.

이 년 만에 방문한 제주에서는 실은 마음 한켠

이 조금 시큰했습니다. 자신의 집에 묵게 해준 친구의 이야기를 들으며 또 골목을 걸으며, 한때의 연인이 떠올랐기 때문입니다. 제주를 사랑해 언젠가 이곳에서 작은 가게를 운영하고 싶다 이야기를 하던 그였습니다. 저는 한편으로는 그와 함께할 수 있으면 좋겠다는 생각을 하면서도 그 말을 입 밖으로 꺼내지 않았습니다. 그와 만나고 집으로 돌아와 침대에 누워서야 그의 가게를 상상하고, 디자이너로서 해줄 수 있는 것들을 생각했지요. 어쩌면 디자인을 더는 하지 않아도 그와 함께 가게를 꾸려나갈 수 있으면 좋겠다는 생각을 한 적 있습니다. 그가 가게를 꾸렸다면 지금 이곳처럼 그가 사랑하던 시집들을 비치해 두었을까요. 물론 그 모든 상상은 더는 의미 없는 일이 되었지만요.

쓸쓸한 이야기를 하고 나니 어쩐지 진토닉이 쓰고 시게만 느껴집니다. 안주를 대신해 달콤한 상상을 해봅니다. 아니, 해보려 했으나 제게 일어날 달콤한 일이 그 무엇도 상상되지 않습니다. 진토닉을 서너 모금이나 마시며 생각해 보았는데 말예요.

눈을 꿈뻑, 꿈뻑, 감았다 떠봅니다. 지금 이곳에 앉아 진토닉을 마시며 글 따위를 쓰는 일이 제게는 달콤한 일입니다. 함께 마시는 일도 좋지만, 이렇게 혼자 앉아 술을 마시며 떠들지는 못해도 손으로 키보드를 눌러가며 떠드는 이 순간이 달콤한 순간인 걸 깨닫습니다. 조금만 더 있으면 열두 시, 이곳의 문을 닫을 시간이 다가옵니다. 저물어가는 제주의 밤에, 마지막으로 진을 샷으로 한 잔 더 마셔야겠습니다. 오늘 밤은 기분 좋게 잠들 수 있을 것만 같습니다.

헤어진 그에게 전화를 걸다

그를 다시 만난 건 이듬해 겨울이었다.

"여보세요-"

수화기 반대편에서 무덤덤한 목소리가 들렸다. 일 년 만이던가. 술에 취해 나조차도 알 수 없는 의도로 그에게 전화를 걸었고, 그는 아무렇지 않게 받았다. 곧이어 나는 그의 집으로 향했다.

우리는 또다시 예전처럼 만나서 술을 마시고 담배를 태우고 함께 잠드는 저녁들을 종종 보냈다. 다시 예전처럼 지낼 수 있을 거라는 생각을 했다. 그건 오산이었다.

지우는 마음

그와 종종 만나 시간을 보내길 두어 달째였다. 그가 사는 동네에서 친구와 술을 마시다 그와 같은 술집에서 마주쳤다. 나는 메시지를 보냈다.

[너 투다리구나.]
[응. 지나가다 봤어?]
[아니, 네 뒤쪽에 앉아 있어.]

모르는 얼굴의 여성과 술을 마시던 그는 우리의 테이블로 찾아와 인사를 나눴다. 함께 있던 친구와도 안면이 있던 그는 취한 듯 평소와는 다르게 더 굽어 인사했다. 나는 종종 그쪽을 쳐다보긴 했지만 아무렇지 않다는 듯 친구와 웃고 떠들며 술을 마셨다.

그럼에도 이상한 마음이 들어, 집으로 가는 길 메시지를 보냈다.

[누구야?]
[누구긴 누가?]
[같이 술 마시던 사람.]
[친구지 뭐. 얼른 자.]

다음 날, 여전히 지워지지 않는 마음에 그의 인스타그램 계정을 찾아 들어가 보았다. '태그된 항목'에 어느 여성과의 사진들이 보였다. 지난날 술집에서 본 여성은 아니었다. 숨이 가빠왔다. 알지 못하는 이의 사진 속에서 내가 준 티셔츠를 입고 있는 그의 모습이 낯설었다.

나와는 가본 적 없는 여행에서의, 좋은 공간들에서의 사진을 보면서 묘한 감정이 피어올랐다. 그 사람과 만나면서 동시에 나와도 시간을 보내온 것에 배신감을 느꼈다. 좋은 곳에 함께 가고 그렇게 싫어하던 사진에 찍히는 일도 함께 하는 상대에게 어떤 부러움을 느끼기도 했다. 알지 못하는 그 여성에게 미안함을 느끼기도 했다.

무엇보다 화가 났다. 나는 두 번씩이나 그에게 두 번째 사람이었다는 사실에 말이다. 그래서 그 여성에게 이 사실을 알리겠다는 마음을 먹었다. 인스타그램 아이디를 아무렇게나 하나 지어내, 그녀에게 장문의 메시지를 보냈다. 나는 언젠가 그와 만났던 사람이고, 또 지금도 종종 만나고 있는 사이라고, 이런 말을 전하게 되어 미안하다고, 하지만 알아야 할 것 같다고. 그에게도 메시지를 보냈다. 또 한번 나에게 상처를 주었고, 그렇게 살지 않았으면 좋겠다고.

이제서야 그의 전화번호를 지우고 보고 싶다는 마음도 단번에 접었다.

상담실

그가 남긴 충격은 생각보다 컸다. 며칠을 침대에 누워 시간을 축냈다. 일을 해야 할 때에도 제정신이 아닌 것 같았다. 분노와 배신감, 부러움과 약간의 미안함이 뒤섞여 정신을 흐리게 만들었다. 누구에게도 말하기 힘든 이야기를 홀로 꾹꾹 눌러 담으며, 혼자서 끊임없이 술을 마시고 담배를 태우며 내 자신을 갉아먹었다.

이대로는 안 되겠다는 생각이 들어, 결국 심리 상담실의 문을 두드렸다. 꼬박 십 년 만이었다.

상담사는 내게 이렇다 할 방법을 제시하지는 않았다. 내가 겪은 사건에 대해서, 내가 가진 감정에 대해서 크게 관심이 있어 보이지도 않았다.

"그런 일 정도는 지나갈 거예요."

지나가겠지. 지나길 것이 분명하다. 다만 언젠
가 글로 써낸 적 있다. 누군가의 아픔과 슬픔의 크기
에 대해 재단할 수 없다고. 나는 사랑에 그리도, 죽
을 만큼 아파하는 사람들을 이해하지 못한 적 있다.
다만 나는 그럴 수 없는 처지에 놓였다.

여름이 오면

　술에 취한, 다시 여름, 나는 또다시 그에게 전화를 걸었다.

　전화번호가 없으니, 이번에는 카카오톡 보이스톡으로. 그는 이번에도 아무렇지 않게 전화를 받았다. 전화를 건 까닭은 아마도… 보고 싶어서였을 것이다. 무엇이 내가 두 번이나 그에게 다시금 전화를 걸게 만들었는지 스스로도 잘 알지 못한다.

　어떤 사랑은 이해할 수 없다. 다하지 못한 사랑은 다 쓰지 않고서는 어쩔 도리가 없었다. 내가 사랑하는 게 아니라 사랑이 나를 하는 것 같았다. 그런고로, 나는 그에게 전화를 다시 걸지 않을 수 없었던 거다, 라는 마음으로 다시 전화를 했다.

우리는 그날 만나 또 술을 마시고 함께 잠들었다. 그도 나도 가끔 전화를 하고, 일상을 나누고, 통화를 하다 보면 그의 집으로 향하게 되는 날들이 이어졌다. 나는 이 관계를 무어라 정의할 수 없지만, 정의하고 싶지도 않았다. 한때 내가 "우리가 사귀는 게 맞아?"라고 물었던 것처럼 다시 물을 필요를 느끼지 못했다.

또다시 능소화

"너 그냥… 지금 올래?"

"지금? 그럴게."

곧바로 나갈 채비를 해 해방촌으로 향했다. 다음날 가볍게 화장할 거리와 칫솔을 챙겼다. 택시를 잡아타고 "해방촌 아래 후암동 로터리로 가주세요" 말했다. 익숙한 얼굴이 작은 로터리에 나와 있고 우리는 편의점으로 향했다. 저렴한 와인을 한 병 사, 너무나도 익숙한 그의 집으로 올랐다. 옷걸이 아래에 가방을 벗어두고 선풍기를 켜놓은 식탁 앞에 앉았다. 그는 와인을 따오고 잔은 한 개면 충분하다는 걸 서로가 알고 있다. 우리는 통화로는 한참을 이런저런 이야길 나눴지만 얼굴을 보고는 이야길 못하는 쫄보들이다. 연주곡 라이브 음악을 들으며 와인을 한 병 다 비워낸 우리는 평범한 여느 때처럼

"자자" 말하고 아무렇지 않게 옷을 벗었다. 그리고 각자의 위치에 누워 잠을 잘 뿐이다. 더위 때문인지 모기 때문인지 그는 종종 "아아!" 하는 소리를 내는데, 그때마다 잠에서 깨어 "괜찮아?" 물었다. 아침에 깨어서도 우리는 아무렇지 않게 남산 타워를 바라보며 담배를 태우고, 아무렇지 않게 씻고, 아무렇지 않게 옷을 입고 집을 나섰다. 정작 해야 할 말들, 그러니까 그가 나를 해방촌으로까지 불러 나누고 싶었던 말들에 대해서는 나누지 못했고.

능소화가 피던 계절에 만났던 그의 집 앞에서 헤어지는 길, 능소화를 가득 만났다.

옥상에 앉아

옥상에 앉아 글을 읽고 쓴다. 선선한 바람이 남쪽에서 분다. 옥상을 단독으로 쓸 수 있는 집에 산다는 건 이런 재미 아니겠나.

저녁을 먹으면서 소주 한 병을 마시고, 강아지 산책을 한 후에 집으로 돌아와 소파에 앉았다. 술을 마실까 말까, 집에 있는 위스키를 마실지 아니면 맥주를 사 올지 한참을 고민하다 맥주를 사 오기로 했다. 편의점으로 오가는 길에는 그와 통화를 했다. 한참을 이야기하다가 하고자 했던 말을 꺼냈다.

"음, 너에 대한 글을 써도 될까?"

"무슨 글인데?"

"그냥 너…."

"무슨 얘긴지 알아야 이야길 팔죠. 바코드를 찍

어봐야 하는 거 아니겠어. 그렇지?"

그에 대해 좋은 이야기만을 쓸 수는 없었다는 걸 그도 알았을 테다. 자신이 '개새끼'라는 얘기를 썼을 거라고 말하는 그에게 "사실 넌 그렇지만, 그렇지만은 않다"고 대꾸했다.

"그래도 자기 객관화가 잘 되네."

"그 정도도 안 되면 개새끼도 못 되지."

그는 어떤 얘기든 일단 써보라고 말했다. 나는 이미 오천 자를 다 썼다고 답했다. 어느 앤솔로지 책에 들어갈 사랑을 주제로 한 글이었는데, 내가 쓸 수 있는 사랑은 여전히 그에 대한 것뿐이었기 때문에 그에 대해 쓸 수밖에 없었다.

"용산 경찰서에서 봅시다."

나는 공원에 앉아 사 온 맥주를 마시며 웃었고, 그는 일을 마치고 들어와 이제 씻겠다며 전화를 끊었다. 그렇게 집으로 돌아와 갈 곳을 찾은 게 옥상이었다. 옥상 빨간 테이블에 앉으면 저 멀리 안과와 신경정신과 간판이 보인다. 또 오른쪽으로 고갤 돌리면 롯데백화점이 보인다.

술을 마시며 인스타그램 라이브 방송을 하는 걸 보고, 끝난 후에 그에게서 전화가 왔다.

"잠이 안 오는데, 막걸리를 한 병 더 마실까, 말까."

"너나 나나 알콜 중독이야. 정말로."

나는 그의 말을 듣다가, 그러니까 마시고 죽은 귀신이 때깔이 곱다, 하는 식의 말도 안 되는 말을 듣다가 막걸리를 사러 나갔다. 그는 내가 자신의 집으로 오길 바랐던 것 같은데, 나는 그러지 않기로 했다. 대신 오늘의 수업에 대해, 오늘 만난 사람들에 대해 이야기했다. 그러던 중 그는 문득 "나 곧 떠난다?" 말했다. 나는 "알아" 짧게 답했다.

"떠날 수 있을까? 정말로?"

"가야지. 니가 원했던 거잖아."

"이러다 안 갈 수도 있어."

"가긴 가야지."

"그렇지…."

물론 "가긴 가야지"라고 말한 것이 내 쪽이다. 가지 말라는 말을 했어야 했던 걸까요. 그는 곧, 아마도 늦가을에 제주로 떠나기로 했고, 나는 얼마 전 그의 제주행에 대한 글을 한 편 썼다.

이미 지나간 그에게 또 마음을 쓴다.

사랑한다는 그 흔한 말

　그와 숙대입구의 어느 이자카야에서 소주를 마실 때, 그는 내게 물었다.

　"너는 내가 좋아?"

　"응."

　"내가 도대체 어디가 좋아?"

　시를 쓰는 것이 좋다는 말에는 이제 안 쓴다는 말로, 제주에서 가게를 하고 싶다는 꿈을 응원하고 싶다는 말에는 이제 그 꿈은 지웠다는 말로, 잘생겨서나 키가 커서 하는 말에는 전혀 그렇지 않다는 말로 대꾸하며, 그는 그런 것들은 이유가 되지 않는다고 했다.

　"사랑하는 거 아닐까?"

　"날 사랑한다니."

"이유가 없는데 네가 좋으니까. 그런 거 아니겠어?"

사랑한다는 말을 해본 기억이 거의 없다. 긴긴 짝사랑의 이야기를 쓴 책에도 단 한번도 사랑이란 단어를 쓴 적이 없으며, 만나던 사람들에게도 사랑한다는 말을 전해본 기억이 없다. 이런 말을 그에게 전하며 어쩌면 이렇게 너를 찾고 또 찾는 것이 사랑하는 것이 아닐까, 하는 생각이 든다고 했다. 그는 고개를 절레절레 흔들며 "나 같은 사람한테…", 조용히 읊조렸다.

그로부터 몇 달이 지나고 그는 접어두었던 꿈이었던 제주행을 택했다. 직장에는 이미 그만둔다고 말했다고 했다. 어느 밤, 수면제를 먹고 그와 통화를 하던 중, 그는 "지금 올래?" 물었다. 나는 곧장 택시를 잡아탔다. 맥주를 사 들고 간 그의 집에서는 하나의 잔에 함께 와인을 마셨다. 그의 침대에서 자던 중 잠에서 깨버렸다. 한번 깨면 잘 못 자는 탓에 자꾸 뒤적였나. 그래시 그도 함께 뒤척이게 되었는데, 뒤척이며 그가 잠꼬대처럼 말했다.

"사랑해."

나는 아무 대꾸도 하지 않았다. 단, 그에게는
하지 못한 말이 있다. 실은 함께 제주에 가고 싶었다
고, 그만의 시집을 만들어주고 싶었다고.

단, 그에게는 하지 못한 말이 있다.

아무것도 중요하지 않은 사람

김포공항 앞, '공항칼국수'에서 칼국수에 막걸리를 마시며, 제주행을 배웅해 준 방이 말했다.

"아무것도 중요하지 않은 사람이 돼."

제주에 가서 무얼 해야 할지 하나도 정하지 않았다는, 그와 다투면 어쩌나 싶다는, 머무를 내내 비가 와서 얼마나 괜찮은 여행이 될지 모르겠다는…. 계획도 없으면서 하염없이 걱정만 쏟아내던 내게 방이 그렇게 말했다. 그는 동시에 이렇게 말했다.

"서울에 있지 않다는 사실만으로 다행일 거야."

오랜만의 여행에 긴장을 했나보다. 한번도 엄청난 여행이란 걸 기대한 적 없었는데, 그래서 비행기표를 편도로 끊고도 아무렇지 않았는데….

아래로 구름이 가득 보이는 비행기 창 밖을 바라보며 방의 말을 떠올렸다. 실은 나는 그와 제주, 그리도 바라던 제주에서 만난다는 사실에 많이도 긴장했다. 동시에 그와의 첫 여행을 떠날 생각에 많이도 설렜다. 그는 어떤 마음일까. 많이도 궁금하지만 나는 술에 가득 취하지 않고서야 그런 말, 그러니까 "너는 어때? 나와 제주에 있다는 거" 같은 말을 내보일 수 없는 사람임을 잘 알고 있다. 아마 돌아올 때까지 영영 묻지 못할 것이다. 내가 숨겨둔 말들, 함께 오고 싶었다는 말도 아마 하지 못할 것이다. 그리도 보고 싶었다고, 이리도 함께 하고 싶었다는 말도 못할 것이다. 꽁꽁 숨길 말들을 헤아리다가 다시 방이 말한 말을 다시금 떠올렸다.

"아무것도 중요하지 않은 사람이 돼."

제주행

그가 제주로 떠난 지 한 달째, 나 또한 제주행을 택했다.

이유는 단순했다. 함께 여행을 가고 싶었고, 그가 그토록 바라던 지역에 함께 있고 싶었다. 해내지 못한 일들, 미련으로 남은 일들을 해결한다면, 그것이 어쩌면 내가 그를 그만둘 수 있는 방법이 될 거라 생각했다. 누군가는 가지 않는 것을 망각의 방식으로 택하겠지만, 그렇지 않은 나는 망각의 방식으로 마음과 미련을 다 쓰고 해결하는 일을 택했다.

"나, 제주 언제 가지?"

"다음 주에 올 수 있어?"

김포에서 제주로 향하는 비행기를 편도로 예매했다. 제주 공항에 도착하면 그가 나와 있을 줄 알

앉는데, 그러면 나는 그를 한가득 끌어안으려고 했는데, 그는 나와 있지 않았다. 조금 실망하려던 무렵, 그가 바로 앞 출입구로 뒤늦게 들어오는 걸 발견했다. 줄 이어폰을 쓰는 건 여전했다. 우리는 함께 버스를 타고 조금 걸어 그의 집으로 갔다.

"그러고 보니 너랑 치킨은 처음 먹네."

첫날에는 그의 집에서 치킨을 시켜 먹었다. 그가 집에서 음식을 해주길 기대했지만, 그가 집밥보다는 치킨을 먹고 싶다 말해 그러기로 했다.

닭가슴살을 좋아하는 나와, 닭다리와 닭날개를 좋아하는 그런, 평범하고도 당연히 알았음직한 이야기를 처음으로 나누었다. 그 이후로도 우리는 소소한 대화를 많이 나누었다. 그게 참 어색하면서도 좋았다. 우리는 제주에서의 7박 8일의 시간 동안 서로 알지 못했던 사실들을 많이도 나누었다.

그 어느 제주에서의 밤, 제주생막걸리를 식탁에 여섯 병쯤 구겨놓은 채로 그가 말했다.

"만날 사람은 어떻게든 만나게 되고, 헤어질 사람은 어떻게든 헤어지게 돼."

"우리는 헤어질 사이였니?"

…라고 물으려 하던 순간 그는 화장실로 향했다. 하지 못한 말을 입에 곱씹으며 그를 기다리던 때에, 그는 통화를 하겠다며 밖으로 나갔다.

"통화 좀 하고 올게."

내게 누군지 물을 권리는 없는, 금지된, 누군지 알 수 없는, 알아서는 안 되는 누군가와의 통화였을 것이다. 그 상대가 누구인지 알 필요 없는, 알 수 없는 그의 통화에 나는 언제나 비참함을 느꼈다.

"나는 너랑 '여행'이라는 걸 함께 가고 싶었어."

"가자. 어디든 가자."

첫 번째 여행지로 우리는 서귀포로 향했다. 극단적으로 무계획적인 나와 무엇이든 좋다고 말할 그가 여행한다면, 아무것도 하지 않거나 다투는 일 둘 중 하나일 것이라고 생각했다. 그래서 떠나기 전에 꽤 많은 걱정을 했으나, 극단적으로 무계획적인 사람이 있다면 덜 무계획적인 사람이 계획을 짜게 되는 것이 당연한 일이었다. 결국 나보다 덜 무계획적인 그가 우리가 다음에 할 일, 그다음에 갈 곳, 가야 하는 길의 방향과 버스 노선 등을 찾아봤다.

나는 그런 그에게 조금 미안하면서도 어떤 승리감을 느꼈다. 여기서의 승리감은 더 무계획적이라 느껴진 것이 아니라, 알지 못하는 누군가에게, 그러니까 그가 말한 '계획적이어서 따라다니기만 했으면 됐다'던 전 애인에게 느낀 승리감이었다. 나는 그가 챙기고, 그가 가는 방향으로 가니까.

"너가 아니었다면, 지난 연인에게 제주에 오라고 말도 안 했겠지."

하루는 그가 말했다.

"왜?"

"너니까 이렇게 함께 오래 있는 거야."

나는 이유를 묻지 않았다. 그러고 보면 그는 나와 대화할 때, '전 애인'의 이야기를 많이 했다. 나는 그게 참 싫어서 되레 나의 전 애인에 대한 이야기를 덧붙였다. 그러면 그는 크게 싫은 내색 없이 "그랬구나", 들어주었다. 나는 그것도 참 싫었다.

나름대로 두 번째 제주의 여행지는 성산과 우도 일대였다. 이번에는 차를 빌려서 가기로 했다. 그는 자신은 절대로 운전을 하지 않을 거라는, 그러니까 낮술을 마실 거라는 다짐으로 여행에 임했다. 차가 있어야 좋을 거라고 판단한 나는 며칠째 함께 마셔온 낮술을 포기한 채 성산으로 운전을 했다.

첫째 날에는 비가 와서 '책방 무사'에 인사를 하러 가는 일이 유일한 일정이었다. 다음날 우리는 게스트하우스에서 만난 우도에 사는 친구를 차로 데려다줄 겸, 우도에 차를 가지고 들어가기로 했다. 그는 제주에 자주 왔지만 첫 우도행이라고 말했다. 그의 첫 우도행에 내가 함께일 수 있어 기뻤다. 겨울의 우도에서 내가 가고 싶었던 곳은 '밤수지맨드라미'라는 책방 하나뿐이었다. 그 책방의 반대편에 있던, 데려다준 친구가 일하던 카페에서 우리는 한참 바깥 풍경을 바라보며 가만히 앉아 있었다.

우도를 반 바퀴 돌아 가고 싶었던 책방에 도착했다. 그는 한 책을 가리키며 "어, 저 책?" 말했다. 시절 출판사에서 엮어낸 <용맹하게 다정하게 눈이 부시게>라는 책이었다. 내가 그에 대해 쓴 오 천여 자의 글이 한 편 들어있는 책이다. 언젠가 그 책이 처음 나온 날 후암동에서 그에게 건넨 적 있는 책이기도 했다. 책방에서 우리는 각자 책을 구경하다 한 권씩 계산하고 나왔다. 책방 앞 의자 두 개를 놓은 부두에서 함께 사진을 찍고 싶었지만, 지나는 사람이 없어 부탁할 수도 없는 노릇이었다.

또다시 우도를 드라이브하며 내가 물었다.

"생각해 보니까, 아까 그 책이 너에 대한 책이잖아. 이렇게 멋진 우도에 처음 왔는데, 그곳 책방에서 만난 첫 책이 너에 대한 이야기인 게 기분이 어때?"

"음… 그러고 보니 그렇네. 좀 이상하기도 하고, 잘 모르겠네."

우리는 우도에서 나와, 그의 휑한 집에 둘 소품

을 사러 몇몇 빈티지 샵으로 향했다. 다만 소품보다는 옷을 샀지만 말이다. 나는 꽃무늬 자수가 새겨진 가디건을 샀고, 그는 카키색 셔츠를 하나 샀다.

"내가 살다 살다 네가 옷 사는 모습을 보고 말야."

"그러게 말야. 나 옷 거의 잘 안 사잖아."

너무나 평범한 일을 함께 겪어낸 적 없다는 사실에 말을 하면서도 눈을 돌렸다.

너무나 평범한 일을 함께 꺾이낸 적 없다는
사실에 말을 하면서도 눈을 돌렸다.

우리의 사랑은 여름이었지

　　게스트하우스 2인실의 방문을 열자 침대에 걸터 반쯤 누운 그가 보였다. 그의 뒤로는 바다가 펼쳐져 있었고 밖엔 비가 내렸다. 찰칵, 그런 그의 모습을 사진으로 남기자 그는 말했다.

　　"뭐 하러 사진을 찍어."
　　뭐 하러… 잠깐 당황했다. 하긴, 남겨봐야 의미 없는 일일 테다. 미래가 보이지 않는 이들에게는 과거가 될 오늘을 남겨놓는 일마저 사치다. 해지는 방에서 홀로 책을 읽는 그의 곁에 눕자, 노랫소리가 들렸다.

　　"우리의 사랑은 여름이었지."
　　능소화가 가득 피었던 어느 여름의 해방촌을

떠올렸다. 뭐 하러 사진을 찍냐는 말이 필요 없던 날들이었다. 그는 나를, 나는 그를, 때론 함께 찍고 찍히곤 했다. 주르륵 흘러내리는 능소화 앞에서 함께 찍은 어색한 첫 사진을 기억한다. 하지만 이제는 의미 없는 일이 되어버린 남기는 일 앞에서 나는 어떤 무력감을 느꼈다.

겨울과는 영 어울리지 않는 사랑이다. 비 오는 바다 풍경을 뒤로 하고, 책에서 눈을 떼지 않는 그의 곁에 그저 누워 눈을 감을 뿐이었다.

식탁에 마주 앉아

"우리가 만난 지 삼 년쯤 됐나?"

제주의 그의 집, 사인용 식탁에 둘이 앉아 막걸리를 앞에 두고 그가 물었다. 삼 년이라, 그러고 보면 30대의 시작에 그를 만나 햇수로 사 년째 그와 함께하고 있다. 잠깐 사랑을 느꼈고, 그보다 더 오랜 시간 동안 권태를 느꼈으며, 그보다 훨씬 오랜 기간 사귀지는 않지만 종종 만나고 연락하는 지지한 시간을 보냈다.

"2018년이었던가… 네 글을 처음 읽었을 때가. <취하지 않고서야>는 친구 줬던 거 같고, <폐쇄병동으로의 휴가>도 읽었었지."

그는 내가 쓴 두 책을 제주도에서 사서 읽었다고 했다. 친구와 한 권씩 골랐는데, <폐쇄병동으로

의 휴가>는 자신이 갖고, <취하지 않고서야>는 읽고 친구가 가졌다고 했다. 그런 제주에 함께 와 있는 것이 스스로에게는 어떤 기분일지 궁금했다. 역시나 묻지는 못했다. 많은 질문을 그에게 하지 못했다. 그런 기분이 어떤지, 내가 무엇이 좋았는지, 무엇이 그렇게도 미웠는지, 왜 나에게 이런 일들을 겪게 했는지…. 무엇이 지금까지도 내게 입을 떼지 못하게 하는지는 알 수 없다.

다 마신 막걸리 병들을 한가득 쌓아놓고 생각했다.

나는 평범한 연애를 하고 싶었을 뿐이다.

묻지 못한 질문이 입안에 맴돌았다.

나는 그를 잊어도

제주를 떠나기 전, 홀로 제주 시내를 돌아다녔다. 나는 그의 집에 둘 소품들을 샀다. 벽에 걸어둘 패브릭 포스터와 손수건, 화병과 유리로 된 작은 버섯 모양 소품, 조개껍질로 만든 트레이 등을 샀다. 막걸리 네 병을 함께 사 집에 돌아온 나는 종이 쇼핑백에서 소품들을 하나씩 꺼내 그에게 건넸다.

"뭘 이런 걸 많이도 샀어."

"집이 휑하잖아. 많이 꾸며둬야 에어비앤비 손님도 오지."

"고마워."

그에게 해주고 싶은 것이 많았다. 나는 다음번에는 서울 풍물시장에서 소품들을 사다 보내주기로 약속했다. 다시는 올 수 없는 집이더라도 내가 사준,

내가 꾸며준 소품들이 집에 가득하길 바랐다. 그래서 그가 제주에서도 나를 잊지 않았으면 했다. 나는 그를 잊어도.

어떤 기형적인 사랑에 관하여

돌아온 제주의 'BITE POETS', 함께 간 수진에게 이런 일이 있었다고 짧게 말하고, 이런 책을 만들 거라고 짧게 말하자, 그녀가 갑자기 외쳤다.

"어떤 사랑은 너무 습관이다!"

나도 안다, 이것이 일종의 자해 행위 같은 것이라는 것을. 그를 계속해서 만나는 것은 내게 술과 담배를 끊지 못하는 것과 같은 일이었다. 해악인 줄 알면서도 어쩔 도리 없이 매번 취해버리는 것처럼 그를 잊지 못하고 잃지 못했다. 그를 처음 만난 때로부터 시간은 많이도 흘렀지만 사랑에 있어 성숙과 성장이 아닌, 이제는 체념에 가까워 온 것을 느꼈다.

집으로 돌아가, 그와 소반에 막걸리와 육포를 내어 술을 마셨다. 무얼 찾아 헤매는 것인지 알 수 없다. 나는 그에게서 사랑을 찾는 것일까, 아니면 다른 무언가를 원하는 것일까. 알 수 없다. 하지만 어쩌면, 그러니까 정말로 '어쩌면' 그를 사랑하는 것이 아닐까. 막걸리를 네댓 병 마시고 병은 구겨 구석에 던져두었다. 이제 정말로 취했다고 생각될 때, 그는 눕자고 말했다. 우리는 여느 때처럼 누워 서로를 안았고, 나는 말했다.

"사랑해, 오늘만 사랑한다고 말할게."

다음 날, 햇빛이 가득한 그의 침실에서 눈을 떴다. 아직 자는 그를 두고 담배를 태우러 나갔다. 우리가 담배를 태우던 동백 옆 작은 공간의 사진을 두어 장 찍었다. 다시 침실로 돌아와 그의 뒤에 누웠다. 눈을 지그시 감았다. 마지막이겠지…, 마지막이어야겠지.

눈을 뜬 그가 물었다.

"잘 잤어?"

그와 보내는 마지막 제주에서의 하루 내내, 나는 오늘이 마지막이 아니길 바라면서도, 오늘이 제발 우리의 마지막일 수 있길 바랐다. 이 기나긴 사랑과 고통 사이에서 해방되길 바랐다.

그가 맛있다고 한 오래된 중식집에서 저녁에 소주와 맥주를 마지막 끼니로 먹었다. 조금 취해, 공항으로 가는 택시 안에서 나는 그제야 문득 그에게 물었다.

"너는 왜 나에게 그런 일을 겪게 했니?"

"그러게 말이야. 너한테만 내가 왜 그랬을까. 미안하네."

너한테'만'이라는 말이 모질게 느껴진 순간이었다. 내가 아니었다면, 이렇게 무른 내가 아니었다면, 이런 일이 생기지 않았을까 생각했다.

제주공항에 도착해 마지막으로 그를 가득 끌어안고 말했다.

"이젠 영영 보지 말자."

그가 무어라 답했는지는 중요치 않았다. 글썽여지는 눈을 더 동그랗게 떴다. 아직 기다리는 그를 위해 두어 번 뒤돌아 손을 흔들고, 김포행 비행기를 타러 들어갔다.

이 시절도 가네요

내 손 꼭 잡아요

그저 우리 훨훨 날아가자구요

—— 신지훈, <추억은 한 편의 산문집 되어>

나가며

  이 책의 주인공인 '그'에 대한 이야기를 쓰기 시작한 것은 꽤 오래전부터다. 왜 남기려 했는지는 기억나지 않지만, 그 기록이 이렇게까지 오래갈지 전혀 예상치 못했다. 책으로 남겨야겠다는 생각도 하지 못했으나, 제주에서 그가 한 말이 시작이었다. 또다시 찾아온 무기력에 몇 달을 쉬고 있다는 나에게 그는 말했다.

  "왜, 그러면 글이라도 좀 다시 써보지 그래?"

  제주시 한복판에 있는 그의 집에서 제주막걸리를 다섯 병째쯤 마시던 와중에 그는 그런 말을 했다. 이 부끄러울지도 모르는 한 사람의 이야기를 남기고사 한 네에는, 누군가에게 읽히게끔 한 데에는 그의 영향이 컸다. 그는 쓸 거리가 없냐고 물었고, 가물가물한 기억 속에는 '그' 자신에 대해 쓰면 어떻겠냐는 이야기가 나왔다. 누가 먼저였는지는 기억이 나지 않는다. 내가 물었다.

"정말 그래도 돼?"

"마음대로 해. 대신 잘 팔리면 인센티브나 줘."

다음 날, 제주 성산으로 운전을 하고 가는 길에 이 책의 제목을 떠올렸다. '이런' 사랑은 누군가에게는 겪어보지 못한 것일지도, 누군가에게는 겪어본 것이라 공감이 될 지도 모른다는 생각을 했다. 섭지코지 근처의 한 게스트하우스에 앉아 표지 안을 짜보았고, 그러면서 이 글 뭉치가 책이 될 수 있을 거라는 생각을 했다.

그럼에도 이것이 누구에게 읽힐지, 왜 읽혀야 하는지, 왜 책이 되어야 하는지는 알지 못했다. 하지만 제주에서 만난 수진이 내게 한 말이 책이 되면 좋겠다는 생각을 하게 했다.

"써보면서, 책으로 정리하면서, 그렇게 마음 정리를 해봐요. 그러면 이제는 정말로 정리할 수 있지 않을까?"

*

　이 책의 전문에 반복해서 말하지만 나는 그와 꿈
꾼 것이 많다. 함께 제주로 가는 일, 그만의 시집을 만
들어 주는 일, 아니면 평범한 사랑을 하는 일…. 하지만
그 중 이루어진 것은 아무것도 없다. 아무것도….

　우리는 어떤 사랑을 한 걸까. 이걸 사랑이라 불러
도 되는 걸까. 써둔 글의 상당 부분이 그와 행복했던 시
간이지만, 그것은 단지 몇 개월이었을 뿐, 우리가 만나
고 헤어지고 헤어진 채로 만난 지지한 시간을 보낸 삼
년여의 시간이 훨씬 길다.

　이 글을 쓰다 말고 그에게 메시지를 보냈다.

　[글 쓰고 있는데, 마음이 좋지 않네.]
　[왜?]
　[그냥… 네가 나한테 처음에 얼마나 잘해줬는지
를 읽으니까 마음이 안 좋아.]
　[내가 미안해….]

이 지지한 시간 동안 우리는 무엇을 꿈꾸었나, 무엇을 원했나, 무엇을 바랐나…. 왜 나에게 그렇게 많은 상처를 줬는지, 왜 그게 하필 나였는지, 궁금했다.

*

　20대 초반에 <오롯이, 혼자>라는 책으로 젊은 이별에 울었다면, 20대 후반에 <여름밤, 비 냄새>로 짝사랑에 울었다. 30대의 시작부터 지금껏 시간을 함께한 그와의 이야기에서 더는 울지 않지만, 여전히 사랑은 어렵기만 하다.

　이 글 뭉치를 정리하는 데에도 생각보다 너무 많은 마음이 쓰여 종종 그에게 전화를 걸었다. 그는 미안하다 말했고, 내 이름을 불러줬고, 예쁜 꿈을 꾸라는 말을 했다. 그런 말을 하는 그에 대한 책을 이제 영영 보지 말자는 말로 끝내는 것도 내게는 꽤 힘든 일이었다.

　다만, 수진이 말한 것처럼 그에 대한 마음을 조금을 정리할 수는 있었다. 특히 2부에서 더 긴 글을 쓰고 싶었으나 그러지 못한 게 오히려 그에 대한 마음이 정리가 되는 데에 영향을 끼쳤다. 우리가 반복한 일, 그러니까 나는 그에게 실책하고 그는 미안하다고 말하는 시간을 나는 더 쓰기 힘들었다. 그래서 오히려 밝았

던 1부보다도 훨씬 긴 시간을 지지하게 보냈음에도 불
구하고, 몇 편의 짧은 글로 긴 시간을 마무리 지었다.

*

　　사랑이라는 건 참 이상하다.

　　나도 내 자신의 선택과 행동을 이해할 수 없는 날들이 많았다. 이야기로서 내가 왜 그렇게 행동했는지 친절하게 설명하고 싶었으나, 내 행동에는 사랑 외에 다른 의도와 이유가 없었다. 정말이지 나조차도 그 이유를 '다 쓰지 못한 사랑'이라고만 표현할 수 있을 뿐, 더 이유를 댈 수가 없었다.

*

　　이런, 이까짓, 이 정도의 내 사랑도 이유 있었다

기억해 주길.

김형경

보이지 않는 것을 보이게 하는 작업을 합니다.

<아무것도 할 수 있는> 엮고, <폐쇄병동으로의 휴가>,

<여름밤, 비 냄새>, <오롯이, 혼자>, <오늘 밤만 나랑 있자>,

<취하지 않고서야(공저> 등을 썼습니다.

어쩌다 우리가 만나서
어쩌다 이런 사랑을 하고

글

김현경

초판 1쇄 펴냄 **2024년 4월 30일**

편집 **송재은**
디자인 **김현경**

펴낸곳 **warm gray and blue**
이메일 **warmgrayandblue@gmail.com**
인스타그램 **@warmgrayandblue**
출판 등록 **2017년 9월 25일 제 2017-000036호**

ISBN **979-11-91514-28-5(03810)**